Eine Amour fou in Paris: Alles ist heimlich, denn die zwei Liebenden sind verheiratet – mit anderen. Die Leidenschaft lässt die beiden ein Leben neben ihrem Leben inszenieren, isoliert von der Welt.

Sie erschrickt, als ihr plötzlich bewusst wird, dass sie schon lange ein Doppelleben führt. Ein Doppelleben, das glücklich macht, aber einsam.

Catherine Guillebaud erzählt vom Gefangensein in einer leidenschaftlichen, bedingungslosen Liebe. Elektrisierend und schonungslos.

»Dieses Buch berührt.«
Libération

»Sorgfältig und nicht voyeuristisch, einfühlsam und berührend.«
Die Welt

Catherine Guillebaud arbeitet in einem Verlag und lebt in Paris. Sie hat bisher vier Romane geschrieben. ›Zwei Liebende‹ ist ihr erster Roman. Ihr Roman ›Sie ist weg‹ ist 2006 bei S. Fischer erschienen

Unsere Adresse im Internet: www.fischerverlage.de

Catherine Guillebaud

Zwei Liebende

Roman

Aus dem Französischen von
Anne Braun

Fischer Taschenbuch Verlag

Veröffentlicht im Fischer Taschenbuch Verlag,
ein Unternehmen der S. Fischer Verlag GmbH,
Frankfurt am Main, Februar 2007

Lizenzausgabe mit freundlicher Genehmigung
des S. Fischer Verlags, Frankfurt am Main
Die Originalausgabe erschien 2002 unter dem Titel ›Amants‹
bei Editions du Seuil, Paris

Druck und Bindung: Druckerei C. H. Beck, Nördlingen
Printed in Germany
ISBN 978-3-596-16008-2

Für Jean-Claude

Und ich glaubte, die Fee mit dem Lichthut zu sehen…
Stéphane Mallarmé

Adagio assai
(Konzert in G-Dur für Klavier und Orchester)
Maurice Ravel

1

Gleich zu Beginn ihrer Geschichte gab es etwas, das sie beunruhigte. Nein, beunruhigen war vielleicht etwas übertrieben. Es war eher ein vages Gefühl, das Gefühl, dass ihre eigene Geschichte bei und mit ihm enden würde. Es war, als blickte sie ihrem Tod ins Auge. Diese Art von Gefühl hatte sie früher schon vereinzelt gehabt, allerdings auf wesentlich diffusere Art. Bei ihm hingegen hatte ein erster Blick gereicht, und sie hatte es gewusst.

Es war im März gewesen. Der Winter neigte sich dem Ende zu. Alles in ihrem Leben war in bester Ordnung. Sie war mehr oder weniger eine ganz normale Frau, der es gelungen war, einige mehr oder weniger bekannte Schriftsteller dazu zu bringen, ein paar Bücher zu schreiben, und die nun Mühe mit dem Weiterschreiben hatten. Ihretwegen konnte sie warten und zuhören. Eines Abends war sie sogar in den Zug gestiegen und nach Toulouse gefahren, nur um einem ihrer Schützlinge, der sie oder jemand anderen brauchte, zur Seite zu stehen. Verlegerin. Sie sprach dieses Wort genüsslich aus, setzte eine Kennermiene auf und wartete auf die Reaktion, die unweigerlich erfolgen würde. Wie viele Male im Laufe eines Abendessens hatte sie die Minuten davor genossen und mit übertriebenem Interesse den Worten ihres Tischnachbarn gelauscht, ehe sie ihn mit ihrem Beruf konfrontierte. Ach ja, Sie sind im Verlagswesen? Der Ton veränderte sich kaum spürbar. Sie wurde plötzlich interessant. Kaum zu fassen, wie viele Manuskripte in Schubladen vor sich hin dämmern. Die Wirkung dieses »im Verlagswesen« machte sie etwas nachdenklich, doch sie zog auch einen Nutzen daraus. Sie hatte immer geglaubt, dass ihr kritischer Verstand sie retten würde.

Und dann sah sie ihn. Er kam auf sie zu, halb spöttisch, halb linkisch, mit einem merkwürdigen Gang. Er ging sehr langsam, fast, als würde er über den roten Teppichboden schweben, als hätte er Angst, zu viel Luft aufzuwirbeln. Bei seinem Anblick musste sie plötzlich daran denken, dass sie eine andere Bluse hätte anziehen sollen, nicht diese hier, die gar nicht zu ihrem Typ passte. Dann trafen sich ihre Augen, und sie konnte seinen Gruß kaum erwidern. Ein absolut höflicher Gruß, nicht persönlich, auch nicht herzlich, sondern reserviert, bis obenhin zugeknöpft, wie es sich eben gehört. Er gefiel ihr auf Anhieb. Seine zurückhaltende Eleganz, seine kodierte Körpersprache, die fast krankhaft penible Auswahl der Farben und der Stoffe, all das fesselte sie in Bruchteilen von Sekunden. Ob sie wohl hinter seiner steifen Pose weitere Posen, andere Körperhaltungen erahnte? Während er mit ihr sprach, starrte sie auf seinen Hemdkragen, suchte nach seiner Haut, von der sie keinen Quadratzentimeter sehen konnte, was in den folgenden zwei Monaten ihrer Phantasie viel Nahrung geben sollte. Er sprach anfangs von einem Text, den er ihr gerne vorlegen würde, dann von der Situation des Verlagswesens im Allgemeinen. Von der Situation des Verlagswesens im Allgemeinen hatte sie keine Ahnung, brachte allerdings nicht den Mut auf, ihm dies zu sagen. Sie hörte ihrem Gespräch zu, registrierte sogar, dass sie sich ohne große Anstrengungen daran beteiligte, obwohl sie in Wirklichkeit die ganze Zeit nur Dinge dachte wie: Den obersten Knopf seines Hemds aufmachen, die Krawatte aufbinden, ihre Hand sachte über den nunmehr freiliegenden Hals gleiten lassen. Sie war fasziniert, wie hypnotisiert ... der richtige Ausdruck wollte ihr nicht einfallen, auch später nicht, als sie den wirren Faden ihrer Geschichte aufnehmen wollte, kurz vor dem Ende.

Ruhig blickte sie ihm nach, als er wieder ging.

Etwas in ihr hatte sich bewegt. Es würde noch einige Zeit dauern, aber sie würden miteinander zu tun haben.

Später würde sie ihm verraten, welcher Ausdruck ihr damals spontan durch den Kopf geschossen war, und ihn damit zum Lachen bringen. Denn als sie ihm nun nachblickte, seinen Rücken in einem der Gänge der Buchmesse in der Menge verschwinden sah, hatte sie sich gesagt, dass sie ihn ›haben‹ würde.

2

Es sollte lange dauern, doch sie verspürte keine Ungeduld. Sie kannte seine Telefonnummer, hätte ihn jederzeit anrufen können. Doch das tat sie nicht. Dennoch war er stets an ihrer Seite, ohne ihr Leben durcheinander zu bringen. Sie dachte zwar manchmal an ihn, doch es waren Gedanken ohne Bilder, nichts Genaues, nur eine Gewissheit, die sich von Tag zu Tag in ihr verstärkte. Sie, die normalerweise so launisch war und daran gewöhnt, sich das, was sie haben wollte, umgehend auch zu beschaffen, dachte nicht daran, den ersten Schritt zu machen – ob aus Vergnügen oder aus Stolz, sei dahingestellt.

Sie wartete.

Sie fühlte sich wie einer jener Rudelhunde, die ihre Unterwerfung akzeptieren, unbeweglich auf dem Rücken liegen und dem Alphatier ihren bloßen Hals darbieten. Die Spielregeln hatten sich geändert. Die Karten waren neu gemischt worden und sie hatte das Blatt der Geduld gezogen. Es genügte ihr schon zu spüren, dass eine Veränderung eingetreten war.

Es sollte zwei Monate dauern, bis er sich meldete. Hätte sie beim Läuten des Telefons spontan gewusst, dass er es war, hätte sie das Abnehmen vielleicht ein paar Sekunden hinausgezögert und die Spannung anwachsen lassen, wie damals als kleines Mädchen, ehe sie den Sprung ins kalte Wasser wagte. Doch es gab keine Vorwarnung. Kein Zusammenzucken, keine innere Stimme – es gab nichts, das ihr erlaubt hätte, etwas anderes zu sein als sie selbst.

Sie tauschten die üblichen Höflichkeitsfloskeln aus, vereinbarten ein Treffen; alles ging relativ schnell, sie hatte gar nicht die Zeit, nervös zu werden. Die Woche, die auf diesen Anruf folgte, unterschied sich in nichts von den anderen Wochen. Sie verspürte eine große Ruhe in sich. Es gab lange Augenblicke, in denen sie nicht an ihn dachte, mit der üblichen Genauigkeit alles tat, was sie sonst auch tat, die üblichen Dinge verrichtete, die sie einander dennoch immer näher brachten.

Dann kam der Tag, an dem sie sich treffen wollten. Es war ein Dienstag, ein heißer Tag. Paris ließ seine Fensterläden geschlossen. Die Straßen waren in gleißendes Licht getaucht. Die Frauen trugen ihre nackten Beine, Schultern und Rücken zur Schau, schlenderten gemächlich über die strahlend hellen Gehsteige; die Männer trugen ihre Jacketts in der Hand, die Körper wurden endlich von ihren Hüllen befreit. Sie hatte das Gefühl, dass diese Hitze nur für sie beide bestimmt war. Sie sah darin eine Art Aufgabe ihrer selbst.

Er betrat ihr Büro. Sie war erstaunt, als sie sein Gesicht wieder sah, das sie fast schon ein bisschen vergessen hatte. Ihre Hände berührten sich. In diesem Moment fiel ihr auf, dass er eine sehr helle Haut hatte, die Haut von blonden Menschen, bei denen eine rothaarige Mutter ihre Spuren hinterlassen hat. Er nahm formvollendet Platz, zog umgehend ein Päckchen Zigaretten heraus, fragte mit einem stummen Blick um Erlaubnis. Darf ich? Ja, er durfte.

Er hätte schon wesentlich mehr gedurft, sie nehmen, sie mit sich nehmen können, sie aus all dem entführen, was ihr bisheriges Leben ausgemacht hatte. Doch er beschränkte sich darauf, nach einer Zigarette zu greifen, die er mit feierlichem Ernst anzündete. *Getändel? Raffinierter Stil, bei dem die Betonung auf Gefühl und Ausdruck gelegt wird.* Nein, das war nicht der Fall. Sie hörte sich mit übertriebener Leidenschaft von ihrem Metier reden, das auch das seine war. Sie hatte sich hinter ihrem Schreibtisch verschanzt wie hinter einem schützenden Sandsack. Von Zeit zu Zeit legte sie ihre Hände auf die Schreibtischplatte, spielte mit ihrem Kugelschreiber, rückte ein Blatt Papier zurecht. Was, wenn er geahnt hätte, dass sie bereit zum Aufbruch war, dazu, alles hinter sich zu lassen, was zwanzig Jahre lang ihr Leben gewesen war? Was, wenn er gewusst hätte, dass sie ihn liebte, ihm bereits verfallen war?

Was ihm in diesem Moment wohl durch den Kopf gegangen war? Diese Frage quälte sie lange Zeit. Wer von ihnen beiden würde sich als Erster auf den anderen stürzen? Wer von ihnen beiden würde das große Glücksgefühl für sich verbuchen können, dem anderen den Beginn des gemeinsamen Wegs geebnet zu haben? In der Folge schrieb *sie* sich dieses Verdienst zu. Mochte er widersprechen solange er wollte, er wusste dennoch ganz genau, dass sie es war, die den Entschluss gefasst hatte, den Ball zu eröffnen. Es sollte allerdings das einzige Mal bleiben, dass sie die Initiative ergriff. Abgesehen vielleicht von der Beendigung ihrer Geschichte, sehr viel später, so fern noch damals.

Die Worte, die sie an diesem Tag im abgeschirmten Halbdunkel ihres Büros austauschten, unterschieden sich in nichts von jenen, die alle Liebenden auf dem Weg in ihr unausweichliches Schicksal aussprechen. Alltägliche Worte, spielerisch dahingesagte, zufällige Sätze eines Gesprächs, die unmerklich ein Band schlingen, das einen Mann und eine Frau mit einer gemeinsamen Absicht stärker aneinander fesselt, als jeder Strick es vermag.

Die Minuten und Stunden vergingen, und irgendwann war ihr Vorrat an Höflichkeitsfloskeln ausgeschöpft. Am liebsten hätte sie zu ihm gesagt: Bleiben wir hier, schweigen wir, gehen wir nie wieder zu dieser Tür hinaus, nie, nie wieder. Doch irgendwann erhob sie sich, begleitete ihn zur Tür und reichte ihm die Hand. Er ergriff sie mit einer natürlichen Geste, ohne sichtliche Emotion. Diese Berührung ihrer Hände, vermutlich kaum kräftiger, kaum länger als der Händedruck zur Begrüßung, war etwas, das sie vereinigte und zugleich trennte, zweifellos das erste wahre Zeichen ihrer Zuneigung. Die Sommerferien standen vor der Tür, sowohl für ihn als auch für sie. Sie gingen ohne große Worte auseinander, ohne Hintergedanken und dennoch zärtlich.

3

Der Juli ging vorüber. Sie war überrascht, als sie unter ihrer Post eine Karte von ihm entdeckte. Geschrieben mit schwarzer Tinte, ohne Streichungen. Der Ton war so freundschaftlich, dass er ihr fast wehtat. Sie konnte sich abmühen, sosehr sie wollte, sie fand nichts, was ihre Sehnsucht nach ihm zu stillen vermocht hätte. Deshalb beschloss sie, ihm zu antworten, mit einer ebenso unverfänglichen Postkarte. Allerdings konnte sie der Versuchung nicht widerstehen, ein paar sibyllinische Worte zu schreiben: Wie verläuft der Sommer für Sie? Mir kommt er endlos vor. *Sibyllinisch? Mit einem verdeckten Hintersinn, ähnlich wie die Aussagen der Orakel.* Mit unverhohlenem Genuss spielte sie ihren Trumpf aus, ging das Risiko ein. Und wartete.

Er rief an.

Was sie zu Beginn ihrer Unterhaltung sagten, war belanglos, doch als sich ihr Atem veränderte, ehe sie plötzlich seinen Vornamen aussprach und ihm sagte, dass er ihr fehlte, waren mit einem Mal alle überflüssigen Worte wie weggefegt. Mit all der selig machenden Unruhe, zu der sie fähig war, sprudelte es aus ihr heraus, und dieses Durcheinander an so lange zurückgehaltenen Gefühlen nahm Form an, wurde zum schönsten aller Geständnisse, zur zärtlichsten aller Liebeserklärungen. Das Schweigen, mit dem er an diesem Tag reagierte, entsprach all jenen Augenblicken des Schweigens, die sie in der Folgezeit vereinen würden. Endlich hatte sie zum entscheidenden Sprung angesetzt, ihr Körper tauchte ins Wasser ein, sie hatte ihre Ängste überwunden.

Es war ausgemacht, er würde kommen.

Er bat um ihre Erlaubnis, sie küssen zu dürfen. Dieser Kuss am Telefon, ihr erster, den er ihr nicht aufdrängen musste, für den er jedoch zuvor ihr Einverständnis einholte, war der zärtlichste Kuss, den sie seit langem bekommen hatte.

In den achtundzwanzig Tagen, die nun folgten, telefonierten sie jeden Morgen, jeden Nachmittag und jeden Abend. Sie verstießen gegen alle Schamgefühle, die ihnen auf einmal überflüssig erschienen. Behutsam erklommen sie die ersten Stufen des Anfangs. Mit einem entscheidenden Unterschied. Sie waren nicht zusammen, konnten sich nicht berühren, sich nicht anschauen. Was nützte es schon, sich in allen Einzelheiten alles zu erzählen: Was tragen Sie heute? Welche Farbe hat Ihr Hemd? Was haben Sie zu Mittag gegessen? Sie waren fern voneinander, ihre Körper waren getrennt.

Dann kam die Angst vor dem Wiedersehen. Sie hatten vereinbart, dass sie ihn am Bahnhof abholen würde. Lange vor dem vereinbarten Zeitpunkt traf sie dort ein, wartete reglos und kerzengerade auf dem Bahnsteig, inmitten einer Menschenmenge, die sie nicht einmal wahrzunehmen schien. Als der Zug einlief und schließlich zum Halten kam, wurde ihr unvermittelt kalt. Sie hatte Angst, ihn nicht wieder zu erkennen, enttäuscht zu sein, in seinen Augen Verblüffung zu lesen und die betrübliche Feststellung, am Telefon zu weit gegangen zu sein. Dann erblickte sie ihn. Er lächelte nicht, schaute sie nur an. Seinen Koffer neben sich, blieb er reglos stehen. Ihr blieb nichts anderes übrig, als auf ihn zuzugehen. Sie fand ihren Mut wieder, sagte ›hallo‹. Im Taxi wechselten sie nur wenige Worte. Sie sah, dass ihm heiß war; sie selbst spürte nichts mehr. Mit unendlicher Zärtlichkeit holte er sie schließlich zu sich.

Endlich waren sie zusammen.

4

Miteinander durch die Straßen gehen, seine Schritte denen des anderen anpassen, sich in Cafés setzen, in Restaurants. Gerichte bestellen, die man dann nicht anrührt. Eine Zigarette anzünden, einen Bus besteigen, kurze Wortwechsel mit Kellnern, Verkäuferinnen, Taxifahrern. Es galt, einen Rhythmus zu finden, den richtigen Ton zu treffen. Es war die Zeit, in der sie immer wieder mit Staunen registrierte, dass ihre Körper sich Seite an Seite bewegten, in einer gemeinsamen Bewegung, inmitten der Menge.

Sie betraten das Reich der Heimlichkeiten. In ihrem Quartier, dem Stadtviertel, in dem sie arbeitete, war ihnen jede unangebrachte Geste, jede Berührung zur falschen Zeit, jede Berührung ihrer Hände auf immer verboten. Sie waren sich dessen bewusst, ihre Vorsicht schweißte sie noch enger zusammen, doch nach und nach erlahmten ihre Schutzmechanismen. Sie erfuhren, welches Vergnügen es bereitete, das Verbotene zu wagen. Was wäre, wenn ich Sie hier mitten auf der Straße küssen würde? Wäre es nicht einen kleinen Versuch wert? Provozierend schürzte sie die Lippen, und er küsste sie voller Gier. Unwillkürlich musste sie an das Marmeladenglas ganz oben im Küchenschrank denken, das man so schwer erreicht.

Paris war ihr Versteck, es machte sie leicht, federleicht. Doch weit und breit kein Ort, an den sie hätten gehen können. Ein Hotel? Nein, bitte kein Hotel. Das wäre zu kalt, zu unpersönlich. Dabei war beiden klar, dass sie irgendwann unweigerlich in einem Hotel landen würden, aber später erst, ein bisschen später, doch dieses ›Später‹ bot ihnen einen gewissen Schutz. Wohin gehen? Sie konnten sich lange nicht entschließen. *Ehebruch: freiwillige sexuelle Beziehung einer verheirateten Person mit einer anderen als ihrem Ehepartner*. Fürs Erste untersagten sie sich, das Heer der Ehebrecher zu vergrößern.

In der Wohnung einer Freundin kamen sie sich zum ersten Mal näher. Sie bekam es mit der Angst zu tun, wusste auf einmal gar nichts mehr, traute sich nicht mehr. Dann das Hemd aufknöpfen, die fremde Haut berühren. Die Trunkenheit des ersten Mals, nach all den anderen Malen, Körper, die sich endlich einander hingeben.

Er ist da, liegt ausgestreckt auf dem Bett; sie sieht ihn, betrachtet ihn.

Eine heikle Situation. Fast ein Fehlschlag. Gerade noch gerettet durch dieses *fast*, doch das störte sie nicht sehr. Das Wichtigste spielte sich auf einer anderen Ebene ab. Auf Anhieb hatte sich eine große Intimität eingestellt, eine Übereinstimmung ihrer beider Haut, die man mit Zärtlichkeit hätte verwechseln können, was es jedoch nicht war. Sie wunderte sich über die Leichtigkeit, mit der sie sich wieder ankleideten, den Raum verließen, nachdem sie das Bett mit einer fast mütterlich anmutenden Geste wieder glatt gestrichen hatte. Die Wände waren gelb gewesen. Sie war froh darüber, dass ihre erste Begegnung als Liebende von diesem zarten Farbton getragen worden war.

5

Die Woche, die er in Paris verbrachte, widmete er ganz ihr. Wenn sie arbeitete, wartete er und schlenderte durch ihr Stadtviertel. Die Ungeduld, mit der sie beide dem nächsten Treffen entgegenfieberten, bestürzte sie. Ihr Denken, hauptsächlich aber ihre Körper, drängten zu dem anderen hin. Sie konnte das Warten nicht länger ertragen. Er bat sie stets, das Büro doch etwas früher zu verlassen. Geht das? Geht das wirklich? Jetzt gleich, meinst du wirklich? Und schon griff sie nach ihrer Handtasche, ließ das Licht brennen, stahl sich wie eine Einbrecherin davon, lief ihm entgegen, flog förmlich über das Trottoir, mit leicht ruckartigen, ungelenken Bewegungen, die eigentlich untypisch für sie waren, mit dem Gang einer Frau, die zu ihrem Geliebten eilt. Sie überquerte Straßen, wich Fahrzeugen aus, winkte einem Taxi oder stürmte die Stufen zur Metro hinunter. Sie war auf dem Weg zu ihm. Sie hatte plötzlich keinen Namen mehr, keinen Wohnsitz. Sie bestand nur noch aus Lust und Begehren. Dann endlich öffnete sich eine Tür, und er stand vor ihr, ruhig und gelassen.

Ihr Wiedersehen verlief stets schweigsam und war geprägt von immer wieder unterbrochenen Bewegungen. Noch nicht, nicht sofort, warte noch ein bisschen. Die Augen zuerst, blaue Augen, die in dunkle Augen eintauchen, dann das leichte Beben der sich langsam nähernden Lippen, unterdrückter Hunger, noch nicht, nein, noch nicht. Das Warten so lange hinauszögern, bis der Wille, die Widerstandskraft auf einen Schlag erlahmen, ihre Körper sich hingeben, einander endlich wieder haben, sich halten können.

Er drängte sie gegen die Tür, sie spürte das kalte Holz an ihrem Rücken. Sie rührte sich nicht, streichelte ihn nicht. Sie überließ alles ihm. Seine Bewegungen entführten sie in eine andere Welt. Er zog sie aus, machte aus ihr wieder sie selbst. Oft, wenn sie sich bis zum Wahnsinnigwerden in die Natur des Bandes zwischen ihnen hineinfühlte, stieg in ihr das Bild eines Geschenks auf, das er ihr vielleicht unabsichtlich gemacht hatte. Sie selbst! Es war, als ob er ins Schwarze getroffen hätte, um das wieder an die Oberfläche zu holen, was sie aus gutem Grund und so lange schon verborgen hielt.

Sie blieben so stehen, eine endlos lange Zeit. Dann führte er sie behutsam in ein Zimmer, dessen Vorhänge zugezogen waren. Er würde stets die Vorhänge zuziehen, um so vom Rest der Welt isoliert zu sein. Er wollte, dass sie allein waren, und die Sturheit, mit der er diese Geste Mal für Mal wiederholte, zeigte ihrer Meinung nach das Ausmaß seiner Zerbrechlichkeit. Er wollte ihr damit demonstrieren, dass eine dünne Stoffbahn ausreichte, um sie beide zu schützen. Und er hatte Recht. Alles an diesen Bewegungen gehörte nur ihnen. Nichts zählte mehr als auf der Welt zu sein, in ihrer Welt, die sie außerhalb nur flüchtig wahrnehmen konnten, die sich aber um sie legte, wenn sie zusammen waren, vor allem und jedem geschützt.

Als sie nun wie eine Besucherin auf einem der nachtblauen Sessel saß, wartete sie darauf, dass er sich ihr näherte. Das dauerte immer lange, nur nichts überstürzen. Er setzte sich neben sie. Wer sie so sitzen sah, hätte sie für zwei geladene Gäste halten können, die sich gepflegt unterhielten. Doch ihre Unterhaltung war weder belanglos noch zivilisiert. Sie spielten ein ernsteres Spiel. Seither weiß sie, dass nur Gewalt dieser unerträglichen Spannung, die einen fast ersticken lässt, ein Ende setzen kann. Sie berührten sich nicht, doch sie klammerten sich aneinander und nahmen ohne jede Sanftheit in Besitz, wonach sie sich so sehr gesehnt hatten. Sie bot ihm ihren Hals dar, er umfasste ihn mit beiden Händen, drückte sachte zu, du gehörst mir, nur mir, und sie bekam keine Luft mehr, verspürte Angst. Sie kam erst wieder zu sich, als er sie an sich drückte, als wolle er sie beschützen.

Sie liebten sich zu sehr, meinte er. Es gibt kein zu sehr, widersprach sie. Und sie fingen wieder von vorn an. Allein schon das lautlose Geräusch, wenn seine Hand über ihre Haut strich, enthielt das ganze Ausmaß der Liebe, mit der sie angefüllt waren. Sie hörte seine Hand zum Gürtel greifen, das metallische Klicken beim Öffnen der Schnalle, das trockene Geräusch, als der Gürtel durch die Schlaufen gezogen wurde. Es folgte ein scharfes Klatschen durch die Luft, gleich einem Peitschenknall, was ihr rasch beibrachte, nach seiner Pfeife zu tanzen. Woher kam ihr plötzlicher Gehorsam, aus welcher schweigsamen Ecke kamen diese Schmerzen? *Sühne: Auferlegte oder freiwillig auf sich genommene*

Schmerzen infolge eines Vergehens, die zur Heilung oder Läuterung dienen sollen.

Aber ging es wirklich darum? Sie glaubte eher an das Bedürfnis, die enge Beziehung zwischen ihnen noch intensiver auszuleben und zum Ausdruck zu bringen. Und wenn sie anschließend wieder in andere Kreise zurückkehrte, jene, in denen sich ihr wahres Leben abspielte, nahm sie die unwiderlegbaren Beweise ihrer Liebe am Körper mit sich. Damit konnte sie ein ganzes Alphabet entziffern, dessen Buchstaben sich in dunklen Flecken auf ihrer malträtierten Haut abzeichneten.

In der ganzen Zeit, die sie zusammen auf dieser Welt verbrachten, stellte sie sich kein einziges Mal die Frage, ob sie etwas Böses tat. Leichtfüßig und leichtsinnig eilte sie auf dieses Licht zu, das sie gleich im ersten Augenblick erkannt hatte und das sie, wie ihr klar war, eines Tages beide erblinden lassen würde.

Doch davon waren sie noch Augenblicke entfernt, viele Augenblicke...

6

Als er wieder abreiste, ließ er sie erfüllt von sich zurück, erfüllt voneinander, auf immer ihm gehörend. Sie nahmen beide ihr gewohntes Leben wieder auf, fast mühelos – zumindest am Anfang. Ihre Anrufe wurden immer länger, schmerzlicher, überschwänglicher. Sie versuchte, ihn sich in einem Leben vorzustellen, von dem sie nichts oder fast nichts wusste.

Deshalb dachte sie sich für ihn einen Rahmen aus, eine Stadt, eine Familie – all das mit einer gewissen Wonne, die sie für liebendes Interesse hielt, obwohl sie genau wusste, dass es gleichzeitig ein Ausdruck von Eifersucht war, von der sie eigentlich nichts wissen wollte. Denn das Leben des anderen gehörte nur ihm allein, und beide wussten, dass ihr gemeinsamer Weg dort zu Ende war. Die zugezogenen Vorhänge schirmten sie vor allem vor einer Ehefrau, einem Ehemann, drei Töchtern, zwei Häusern und zwei glücklichen Familien ab. Das war ihre Abgrenzung im umgekehrten Sinne, das Kernstück ihrer beider Leben, an welchem sie nicht rühren wollten. Stillschweigende Vereinbarung von Anfang an, ein unübertretbares Gesetz. Sie navigierten in Sichtweite zwischen diesen beiden Ufern. Doch das langsame Mahlen der Mühlräder ihrer Liebe hatten sie dabei nicht bedacht.

Immer dann, wenn ihr Schweigen dichter wurde, ihre Gewissheit ins Wanken geriet, spürte er ihre Unruhe. Wirst du mich noch lange so sehr lieben? Wirst du das wirklich durchhalten? Sie wehrte diese Fragen ab, die sie dennoch quälten, wenn sie ihm mit – wie sie hoffte – sicherer Stimme antwortete, aber ja, selbstverständlich.

Und das Rad drehte sich weiter, die Tage vergingen.

Immer häufiger sah sie das Bild einer Sanduhr vor sich, die unaufhaltsam rieselte, unaufhörlich. Und darin, in diesem zarten Geriesel der Zeit, sah sie den einzigen Ausweg aus ihrer Liebe, den sie gleichzeitig als bedrohlich empfand. Doch das lästige Bild der rieselnden Sandkörner verschwand, sobald sie an ihn dachte, daran, wie sehr er sie liebte und sie ihn, und das für immer.

7

Sie verfielen rasch in den Rhythmus aller Liebenden, die fern voneinander sind und nur daran denken, sich möglichst bald wieder zu sehen. Sie wurde launisch. Eines Morgens hielt sie es nicht mehr aus und ging das Risiko ein. Sie bestand darauf, ihn umgehend zu sehen. Schließlich liebte er sie. Dann möge er bitte auf der Stelle kommen. Das sagte sie mit der Naivität eines Kindes, der verwöhnten Göre, die sie im Grunde genommen war.

Er widerstand, setzte diesem verliebten Eigensinn ein Schweigen entgegen, das jedoch rasch brüchig wurde. Er begriff, wie hoch ihr Spieleinsatz war und wie wichtig der eingeforderte Liebesbeweis.

Deshalb sagte er, würde er kommen.

Sie war verblüfft. Er würde kommen, ließ alles stehen und liegen, stieg nur ihretwegen in einen Zug. Sie war unendlich glücklich darüber, ihre Bitte war erhört worden, ihre Welt wieder in Ordnung. Sie dachte nicht an das Karussell der Lügen, das sich damit in Gang gesetzt hatte. Er sprach nicht darüber, erwähnte nicht, welche Ausrede er erfunden hatte, und erst sehr viel später sollte ihr klar werden, dass sie damals viel von ihm verlangt hatte. Der Tag verging in einer quälenden

Langsamkeit. Er war schon auf dem Weg, bald würde er eintreffen. Sie fühlte sich wie in einem Traum. Mit dem letzten Abendzug kam er an. Der Bahnhof war menschenleer. Als sie ihn auf dem Bahnsteig entdeckte, lächelte er ihr zu. Wie zwei Kinder rannten sie sich lachend entgegen. Es war ein Verstoß gegen die Regeln, eine Freiheit, die sie sich herausgenommen hatten, ein Moment der Gnade.

An diesem Abend schliefen sie zusammen ein, und das Hotelzimmer hatte auf einmal nichts Anonymes mehr. Es war ihr gemeinsames Zimmer, ihr Bett, ihr Bad. Mit einer zaghaften Geste stellte sie ihren Kulturbeutel neben seinen. Zerbrechliche Momente eines gemeinsam verbrachten Alltags. Sie schliefen nur wenig. Ihre Stunden waren gezählt. Die Flucht in den Schlaf schoben sie so weit wie möglich hinaus. Sie kämpften gegen ihre schwer werdenden Augenlider an. Sie sind schon müde, Monsieur? Sie wollen schlafen? Ihre Bewegungen wurden langsamer, die Bettlaken bewegten sich kaum noch. Am Morgen sagte er ihr, dass es ihm Vergnügen bereitet hatte, ihr beim Einschlafen zuzuschauen. Sie war wütend auf sich, weil sie als Erste schwach geworden war. Später würden sie die Rollen tauschen, für ein allerletztes Mal, und sie würde ihn friedlich einschlafen sehen und dann endlich weggehen.

8

Er sollte für zwei Tage bleiben. Paris ging dem Winter entgegen. Bei ihren gemeinsamen Spaziergängen fröstelten sie. Starr vor Kälte und müde suchten sie Zuflucht in Cafés. Dort tranken sie Tee oder heiße Schokolade. Die Stadt war kalt und ungemütlich geworden. Es wurde früh dunkel. Sie hatte Angst. Es kam auch zu ihrem ersten Streit.

Am zweiten Abend kam sie ins Hotel, als ob sie nach Hause käme. Sie hatte Trauben und Schokolade mitgebracht. Er öffnete ihr die Tür und fragte sie, wie ihr Arbeitstag verlaufen sei. Diese Frage brachte sie völlig aus dem Konzept. Sie sah darin den Beginn einer eheähnlichen Vertrautheit, die bei ihr eine Gänsehaut verursachte. Obschon gewisse Wörter zwischen ihnen tabu waren, genehmigten sie sich von Zeit zu Zeit das, was sie ihre Träumereien nannten und die nur ihnen allein gehörten. Sich gegenständig ermunternd, ließen sie sich zu neuen Versionen ihrer Geschichte hinreißen, in denen alles möglich war. Ihre Stimmen veränderten sich dabei fast unmerklich. Sie begaben sich auf verbotenes Terrain, und das war ihnen deutlich bewusst. Darin ging es um ein gemeinsames Kind, um ein gemeinsames Leben. Einmal stellte er ihr eine Frage, die einem Heiratsantrag verdächtig nahe kam. An jenem Tag zerbrach ihr Herz.

Sie spürte aber auch, dass diese Freiheiten ihnen halfen, das zu beschwören, was sie definitiv bereits verpasst hatten. Ein gemeinsames Leben, gemeinsame Pläne, ein gemeinsames Heim. Über die Zukunft sprachen sie nicht. Auf die Frage, was wird aus uns werden?, die sie, von einer inneren Unruhe erfüllt, hin und wieder stellte, blieb er ihr die Antwort schuldig. Und sie hätte es auch nicht hören wollen. Nicht nur, weil sie es ohnehin wusste, sondern vielleicht auch, weil sie insgeheim auf ein Wunder hoffte. Ihre Zeit war unweigerlich die Gegenwart. Und wenn er die Tür wieder einmal hinter ihnen schloss, erfüllte die Gegenwart den Raum, und das Hotelzimmer verwandelte sich in ein Heim, ihr Heim, ihr kleines Paradies.

Die darauf folgende Nacht verlief ruhiger als die erste. Sie fühlten sich wohl. Keine Spur von Überstürztheit oder Hektik. Sie war über ihm, als sie kam, so weit weg, so hingegeben, dass ihr die Tränen kamen. Sie ließen sich viel Zeit. Ihre aneinander geklammerten Körper glitten mit einer Zärtlichkeit übereinander hinweg, die sie beide überraschte. Unaufhörlich stammelten und flüsterten sie: Ich liebe Sie, Monsieur! Du bist meine große Liebe, bleib bei mir! Madame, Ihr seid mein Schatz, mein Liebling. Jede Zärtlichkeit, jede Berührung, die sie wagten, erlebten sie als ein Wunder und einen Zauber. Sie entdeckten die schöne und intensive Einfachheit gewisser Worte, die man für den anderen, nur für ihn, ausspricht.

Dank ihrer langen Telefongespräche waren sie schon dazu übergegangen, gewisse sprachliche Schranken zu überschreiten. Die bisweilen rohen und derben Worte der Liebe kamen ihnen deshalb leicht über die Lippen. Doch jedes Mal wagten sie sich ein Stück tiefer in die in ihren Köpfen eingeprägten Erinnerungen vor, wo vergessene Zärtlichkeiten wieder an die Oberfläche drängten. Ein Sieg trat erst nach langem Zögern ein, nachdem der andere denjenigen, der so unversehens diesen Vorstoß gewagt hatte, mit einem erwartungsvollen Schweigen ermutigt hatte. Erfundene Wörter, kindliche Spitznamen – sie gaben sich mit Hochgenuss solchen Spielen hin. Abwechselnd nahmen sie diese neuen Geschenke entgegen, die dann daraufhin fast zu einer Selbstverständlichkeit wurden. Es dauerte gut drei Monate, bis er zu ihr mein Liebling oder mein Schatz sagte. Auch sie ließ sich Zeit damit, bis sie es wagte, ihm ein eigens für ihn ausgedachtes Wort zu sagen.

Sie ließen sich voll und ganz auf all diese kleinen Liebesbezeugungen ein, in die sie sehr viel ihrer selbst gaben.

9

Der Winter rückte näher. Das Zählen der Tage hatte wieder angefangen. Mit List hakte sie die Tage ab, zählte sie nach, zog es vor, in Wochen zu rechnen, weil das die Zahl erträglicher machte. Ihr Terminkalender füllte sich mit Strichen, Kreuzchen und anderen kabbalistischen Zeichen, deren Bedeutung nur sie allein entziffern konnte.

Im Schaufenster eines kleinen Juweliergeschäfts unweit ihres Büros entdeckte sie einen in Gold gefassten Opal, den sie wunderschön fand. Sie ging in das Geschäft, um ihn anzuprobieren. Der irisierende Stein gefiel ihr, sie wollte ihn haben. Doch etwas hielt sie von einem spontanen Kauf ab. Hatte sie nicht irgendwann gehört, dass Opale sich in Frankreich nur schlecht verkaufen ließen, weil sie als Unglücksbringer galten? In England hingegen, wo es die herrlichsten Opale zu kaufen gab, sah man sie als Glücksbringer an. Sie war nicht abergläubisch, doch die Sache mit dem Unglück schreckte sie ab, und letztendlich siegte ihre Vorsicht über ihren Wunsch. Jeden Abend, wenn sie an dem Geschäft vorbeiging, um zur Bushaltestelle zu gehen und nach Hause zu fahren, schaute sie nach dem Ring und war erleichtert, dass er noch da war. Im Laufe der Tage war er immer mehr zu ihrem Ring geworden, und in ihrem Kopf setzte sich der Gedanke fest, dass er eigentlich nur auf sie wartete. Sie erzählte niemandem von diesem Opal. Der schöne Stein war ihr Geheimnis, und je mehr Tage vergingen, desto mehr kam sie zu der Überzeugung, dass er etwas mit dem zu tun haben musste, was sie erwartete.

An manchen Tagen sprachen sie nur wenig miteinander. Diese Tage waren die schlimmsten. Wenn sie dann endlich seine Stimme hörte, verspürte sie eine solche Erleichterung, dass sie sich darüber nur wundern konnte. Sie spürte, dass er manches vor ihr verheimlichte oder vielmehr, dass er ihr nicht alles aus seinem Leben erzählte. Manchmal bemerkte sie bei ihm eine gewisse Gereiztheit, wenn sie wieder einmal zu detaillierte Fragen über seinen Tagesablauf oder seine beruflichen Tätigkeiten stellte. Sie wusste, dass es ihr nichts gebracht hätte, bestimmte Dinge zu erfahren, die sie nichts angingen, doch ihr Wunsch, ihn mit Haut und Haar zu besitzen, war stärker als alle Vernunft. Und auch er ließ es sich nicht nehmen, sie über ihren Alltag auszufragen. Was macht ihr am Wochenende? In welchem Restaurant esst ihr zu Mittag? Bist du heute Abend allein? Sie blieb ihm keine Antwort schuldig, log ihn nie an. Allein schon der Gedanke, etwas vor ihm zu verheimlichen, kam ihr albern vor. Wie nun kam sie mit den Lügen zurecht, die sie den Menschen auftischen musste, die sie liebte und denen sie nicht wehtun wollte? Die Frage nach der Schuld stellte sie sich nie. Nur zu gut war sie sich bewusst, dass sie, wenn dieser letzte Schutz gefehlt hätte, in eine Sackgasse geraten wäre.

Die Liebe, die sie für ihren Ehemann verspürte, war fest in ihr verwurzelt, war wie ein Fels in der Brandung. Diese Liebe war für sie unantastbar, unerreichbar. Und sie hatte Recht. Zumindest nach den Maßstäben der ihr eigenen Logik hatte sie Recht. Den Gedanken, ihrem Ehemann weh zu tun oder ihn wegen eines anderen Mannes zu verlassen, hätte sie nicht ertragen können. Sie liebte ihn. Die Sache, in die sie hineingeraten war, hatte nichts mit ihrem eigentlichen Leben zu tun. Das, was ihr zugestoßen war, befand sich außerhalb, woanders, an einem düsteren und zugleich hellen Ort, an einem Ort, der nur sie beide etwas anging.

Selbstverständlich fragte sie sich auch, wie er mit dieser Situation zurechtkam. Manchmal sprachen sie darüber, flüchtig nur, wie aus Versehen, und immer mit dem leichten Beben in der Stimme, das unaussprechlichen Dingen vorbehalten ist. Die andere Hälfte von ihnen, die jeder geheim hielt, existierte dennoch, trotz allem. Wie geht es ihr? Ist er schon zurück? Und diese kurzen Sätze wogen schließlich ebenso schwer wie die Schneebälle, die sie als kleines Mädchen mit großer Ausdauer gerollt hatte, in Savoyen, wo sie aufgewachsen war, wo im Winter immer Schnee lag und wo sie auf einem Schlitten die Bahnhofstraße hinuntergefahren war, einem großem Schlitten aus Holz, dessen Kufen ihr Vater eingefettet hatte, damit er besser glitt. Damals war es eisig kalt gewesen und sie hatte ein merkwürdiges Brennen an den Fingerkuppen verspürt. Ihre Fingernägel schmerzten. Hast du denn kein Blut unter den Fingernägeln, Kind? Wie oft hatte sie sich diesen Satz anhören müssen, wenn sie wieder einmal vor etwas Angst hatte. Und nun hatte sie Angst vor einer Entscheidung. Wie kann man noch entscheiden, wenn man von einer Kraft mitgerissen wird, von allem weggespült wird? Sie zog es vor, sich langsam auf etwas zutreiben zu lassen, weil sie glaubte, das sei der einfachere Weg.

War ihre Beziehung qualvoll? Nein, das fand keiner von ihnen.

Sie dachten nur an eines: Sich bald wieder in die Umarmung des anderen zu flüchten, die Gefühlsaufwallungen wieder zu finden, das Herzklopfen zu spüren, die aufsteigende Hitze, in der alles verbrennt. Sie dachten nur an ihre Hände, ihre Unterleiber, ihre Schenkel, die einander in einer Bewegung des Wiederentdeckens umschlangen. Nur hierfür lebten sie, und alles andere war zweitrangig.

10

Ihr war kalt. Der Winter war überall, in den Gärten, in den nicht mehr sprudelnden Fontänen der Brunnen. Sie spürte darin eine Art Gefahr. Weihnachten rückte näher. Die freudige Stimmung auf den Straßen, die vielen Lichter, die hektischen Weihnachtsvorbereitungen führten ihr seine Abwesenheit nur noch deutlicher vor Augen und machten diese fast unerträglich. Er kam seltener, da ihm nicht immer eine geeignete Ausrede für eine Reise nach Paris einfiel. Sie selbst sah keine Möglichkeit, zu ihm zu reisen, und überlegte verzweifelt, wie sie ihn sehen könnte. Doch vergebens. Die Stadt, in der er wohnte, war eine derjenigen, die am weitesten weg von Paris lagen, und sie hatte dort nichts zu erledigen. Ihre Telefongespräche waren oft schwierig. Ihr beiderseitiges Schweigen wog schwerer, manchmal verging ein ganzer Morgen, ohne dass sie miteinander telefoniert hätten. Sie verlor den Boden unter den Füßen. Alte Reflexe tauchten wieder auf. Sie träumte oft von einem doppelten Whisky, doch dann riss sie sich wieder zusammen. Sie wollte keine Schwäche zeigen. Sie beschloss, sich für sie beide zu freuen. So fanden sie wieder zu etwas Leichtigkeit.

11

Er bereitete ihr eine Überraschung, am hellen Nachmittag. Sie schenkte dem Läuten der Sprechanlage zuerst keine Beachtung. Sie erwartete niemanden. Deshalb widmete sie sich wieder ihrer Arbeit, doch als sie den Blick hob, sah sie ihn plötzlich vor sich, in einem blauen Mantel. Als er in ihrem Gesicht lesen konnte, dass ihm die Überraschung geglückt war, lächelte er spitzbübisch. Sie schnappte nach Luft, brachte keine zwei Worte heraus, erhob sich, sank wieder auf ihren Stuhl zurück. Wie, er hier? Er betrat ihr Büro, nahm nur ihren Arm und drückte ihn so fest, dass es ihr wehtat. Sie waren wieder zusammen, der Strom zwischen ihnen floss erneut, sie brauchten die vertrauten Gesten, die Blicke. Sie nahm ihren Mantel, ihre Handtasche und schob ihn mit hochrotem Gesicht zur Tür. Das Halbdunkel des Treppenhauses musste ihnen reichen. Sie konnten keine Sekunde länger warten. Hätte ein Aufflackern von Scham sie vorhin nicht zurückgehalten – sie hätte sich von ihm am liebsten auf ihrem Schreibtisch nehmen lassen, inmitten der Akten und Manuskripte. Komm, nimm mich hier, jetzt sofort, die anderen werden schon nichts sehen, sie werden wegschauen und sich die Ohren zuhalten. Monsieur, ich brauche Sie jetzt sofort! Allerdings hatte sie sich dann doch nicht getraut. Aber hier, zwischen dem zweiten und dem dritten Stock, von seinem Gewicht an die Wand gedrückt, hob sie ihren Rock hoch, spreizte die Schenkel, tastete nach dem Reißverschluss seiner Hose, fand seinen warmen, steifen Schwanz. Er glitt in sie hinein, als beträte er sein Zuhause, tat ihr nur zu Beginn ein bisschen weh, nahm dann seinen Platz wieder ein, als wäre er niemals fort gewesen. Komm, mein Geliebter, komm! Lass mich dich spüren, lass dich nur gehen. Er kam schnell, stieß nur einen kurzen, leisen Schrei aus; sie hatte keinen Orgasmus, genoss jedoch dieses herrliche Gefühl des Ausgefülltseins, an das sie sich noch lange erinnern sollte. Sie ergab sich in ihr Schicksal.

12

Er hatte ein Zimmer in einem großen Hotel genommen, das etwas mehr seinen Vorstellungen von Komfort entsprach. Das versetzte ihr einen kleinen Stich. Sie musste an das Zimmer denken, das sie selbst vor zwei Monaten für sie gebucht hatte, und als ihre Füße in dem weichen Teppichboden des Korridors, der zu ihrem Zimmer führte, versanken, konnte sie sich des Gedankens nicht erwehren, dass er bei seiner heutigen Wahl wenig Taktgefühl bewiesen hatte. Doch das war nichts Schwerwiegendes, nur ein feines Haar zwischen ihnen, so dünn wie ein Riss im Porzellan, der einem ungeübten Auge vermutlich gar nicht auffallen, dessen Anblick ein Purist jedoch nicht ertragen würde, so dass er das lädierte Stück lieber wegwirft. In unserer Familie, meine Liebe, lebt ein angeschlagener Teller nicht lange! Sie musste an das Geschirr denken, das sie aus dem hellen Holzbüffett geholt hatte, wenn ihre Mutter sie bat, den Tisch zu decken und sie erst nach mehreren Aufforderungen dieser Bitte nachkam. Sie erinnerte sich an das Muster der Teller, naive Malerei, das sie immer mit Staunen wieder entdeckte, nachdem sie ihr Püree oder ihre Nudeln aufgegessen hatte.

Aber vielleicht hatte er ihr nur eine Freude machen, sie überraschen wollen. Sie nahm es sich übel, dass sie im ersten Moment mit Ablehnung reagiert hatte.

Sie lehnte sich kurz an die Wand, während er die Tür aufschloss. Wie viele Türen würde er noch aufschließen? Wie viele Zimmer würden sie beide noch entdecken, schweigend, ihre Augen durch den Raum schweifen lassen und dabei die Qualität der Stoffe, der Vorhänge, der Tagesdecke, der Sessel, die Größe des Bettes abschätzen, das endlich wieder für wenige Stunden ihr Liebesnest sein würde, ein Ausdruck, den sie früher lächerlich gefunden hatte, der inzwischen jedoch allmählich eine andere Bedeutung für sie erlangt hatte. Zugegeben, das Zimmer hier war perfekt. Insgesamt strahlte das Streifenmuster vielleicht etwas wenig Gemütlichkeit aus, war das Zimmer zu karg möbliert. Es gab lediglich eine große chinesische Lampe, deren Licht ihr spontan gefiel. Die Satingardinen raschelten, als er die Vorhänge zuzog. Dann zog er seinen Mantel aus. Er schlug vor, den Room-Service anzurufen und Champagner zu bestellen. Nein, kein Alkohol, ich trinke nie Alkohol, wehrte sie hastig ab. Schweigend wiederholten sie die nichts sagenden Gesten, die die Anonymität der Räumlichkeiten vertrieben. Sie faltete die Handtücher auseinander, schälte die Seife aus ihrer Verpackung. Sie schlug die Tagesdecke zurück, dann das Leintuch, schüttelte die Kopfkissen auf. Jede ihrer Bewegungen brachte sie ihm näher. Er setzte sich in einen tiefen Sessel. Seit ihrem Eintreten hatten sie noch keine drei Worte gewechselt. Sie stellte sich vor ihn, wartend. Noch suchten sie sich. Er hatte sie überraschend aus ihrem Alltag herausgerissen, aus ihrem Leben ohne ihn, und auf einmal wusste sie nicht mehr, wie sie ihn erreichen konnte. Er hatte ein neues Element ins Spiel gebracht. Er hatte dem Warten kurzerhand ein Ende gesetzt. Ihre früheren Begegnungen waren von langer Hand geplant gewesen, sie trafen sich nach einer unendlich lang erscheinenden Zeit, während der sie sich innerlich und äußerlich auf ihn vorbereiten konnte. An den Tagen vor ihrem Wiedersehen widmete sie ihrem Körper immer besonders viel Aufmerksamkeit. Sie wollte schön für ihn sein, perfekt. Sie ging zum Frisör, aß weniger als sonst, trank viel Wasser. Sie überlegte sich, welche Kleidungsstücke sie anziehen sollte, die er ihr wieder ausziehen würde. Er legte Wert auf gute Kleidung, das war eine Art Spiel zwischen ihnen geworden. Rock oder Hose nächsten Dienstag? Wenn sie sich ein Paar neue Schuhe kaufte, ein neues Kleid oder eine neue Bluse entdeckte, fragte sie sich instinktiv, ob es ihm wohl gefallen würde. Selbstverständlich wollte sie ihm gefallen, doch ihre dem Anschein nach belanglose Abhängigkeit ließ bereits die Umrisse einer anderen Abhängigkeit erahnen.

Sie dachte an die Farbe ihrer Unterwäsche, die hoffentlich makellos war, und daran, dass sie sich am Morgen nicht die Achselhöhlen rasiert hatte. Einen Moment lang wurde sie wütend auf sich, auf ihn, doch dann zog er sie auch schon an sich, und sie vergaß alles andere. Einen langen Augenblick lang hielten sie sich nur an den Händen. Ihr Verlangen stieg bis in ihre umschlungenen Fingerspitzen. Er rutschte vom Sessel auf den Boden, kniete sich vor sie hin und umschlang, wie bei einem verrückten Gebet, ihre Beine mit beiden Armen. Seine Wange glitt mit einem leisen Rascheln über ihre Strümpfe. Dann lockerte sich sein Griff, seine Hände glitten an ihren Schenkeln hinauf. Sie spürte, dass sie nun an einem entscheidenden Punkt ihres Lebens angelangt war. Sie legte den Kopf in den Nacken. Zu gern hätte sie die Beine geöffnet, doch er hinderte sie daran. Sie fühlte nur seine Lippen auf ihrer Haut, dort, wo ihre Strümpfe aufhörten.

Er hatte ihren Rock über die Hüfte geschoben. Dann richtete er sich abrupt auf, so überraschend, dass sie nicht damit gerechnet hatte. Sein Blick war streng. Zieh dich aus! Seine Stimme hatte sich verändert. Sie gehorchte ihm schneller, als es ihr lieb war. Sie ließ ihre Kleidung achtlos auf den Teppich fallen, war endlich nackt. Als sie an seinen Hemdkragen greifen wollte, wich er zurück, schüttelte unwillig den Kopf. In diesem Moment sah sie in seinen Augen etwas aufblitzen, das sie schon beim ersten Mal gemeint hatte zu sehen. Eine Mischung aus Verachtung und Grausamkeit. Und schon hatte er seinen Gürtel aus dem Hosenbund gezogen. Er faltete ihn zusammen und schlug zu. Sie zuckte mit keiner Wimper.

Wenig später, als sie wieder zu ihren Zärtlichkeiten zurückgefunden hatten, wurde er passiv und kam in ihren Händen, vertrauensvoll wie ein Kind.

Sie schliefen zusammen ein. Es dauerte eine Weile, bis sie in den Schlaf fiel. Von der Straße drangen gedämpfte Geräusche herauf. Das Hotel war wie ein Flüstern um sie herum. Sie dachte nicht an ihren Mann, nicht an ihre Töchter. Sie dachte an nichts. Allein der Atem ihres Geliebten gab ihr ihren Lebensrhythmus vor.

Am nächsten Tag reiste er wieder ab. In dem Taxi, das sie zum Bahnhof fuhr, sagte er ihr, dass er sich in Paris eine Stelle suchen wolle. Damit sie öfters zusammen sein und sich vielleicht sogar täglich sehen könnten. Nie hätte sie gedacht, dass das sein Ernst war.

13

Der Winter neigte sich dem Ende zu. Die häufigen Märzregen hatten eingesetzt. Es vergingen weitere Monate, weitere Jahreszeiten. Sie war müde und erschöpft. Und trotzdem liebte sie ihn. An manchen Morgen verspürte sie so viel Liebe in sich, dass ihre ganze Umwelt davon profitierte. Sie war fröhlich, redete viel, war zu allen nett, zu dem Busfahrer, dem marokkanischen Krämer, den Kellnern in den Cafés.

Ihre Telefongespräche waren unbeschwert und fröhlich. Hin und wieder kündigte er sein Kommen an. Dann lebte sie förmlich auf, zählte die Tage. Was machte schon seine lange Abwesenheit, die räumliche Entfernung? Bald würde er kommen, nur ihretwegen, nur um sie zu sehen. Wirst du am Bahnhof sein?

Er wollte sie auf dem Bahnhof sehen, am Ende des Bahnsteigs, unbeweglich und voller Vorfreude. Ah, endlich konnten sie sich wieder in die Augen blicken, an den Händen halten, ihre Lippen sich verstohlen berühren. Es sollte nicht lange dauern, bis sie den Zugfahrplan auswendig kannte. Der *Gare de Lyon* wurde ihr vertraut. Sie traf immer sehr viel früher ein als nötig. Sie ging in das Bistro *Train bleu*, setzte sich auf einen Barhocker und überbrückte die Wartezeit mit einer Tasse Kaffee. Dann ging sie hastig durch den Gang, der zu den Toiletten führte, zog ihre Lippen nach, zupfte eine Haarsträhne zurecht, strich ihren Rock glatt. Nun war sie bereit, er konnte kommen.

Spürte sie damals schon, dass sie sich allmählich immer mehr verlor? Bisweilen hatte sie das Gefühl abzudriften, ganz allmählich die Herrschaft über ihren Körper zu verlieren. Je mehr sie in seinen Bann geriet, desto mehr verlor sie ihr Leben. Es war, als würden die Vorhänge, hinter denen sie sich verschanzten, sich nie mehr öffnen und sie nie mehr das Sonnenlicht sehen. Es kam ihr so vor, als hätte eine andere Art von Licht dessen Platz eingenommen. Ein gedämpfteres, dunkleres Licht, das jedoch so intensiv war, dass sie es auch noch mit geschlossenen Augen sehen konnte.

Nein, keine einzige Sekunde lang war ihr bewusst, dass sie verloren waren.

14

Soll ich etwas zu essen kaufen? Möchtest du, dass ich wegen der Konzertkarten anrufe? Soll ich einen Tisch reservieren? Und er antwortete jedes Mal unweigerlich mit Ja. Es machte sie wütend, seine Art, ihr die ganze Organisation ihrer Treffen aufzubürden. Seine prompten Zustimmungen klangen in ihren Ohren immer etwas nach Faulheit. Erst sehr viel später sollte sie begreifen, dass sein ständiges Ja-Sagen nur die schmerzhaften Beweise dafür waren, welche Mühe es ihn seit Monaten kostete, auch nur die kleinste alltägliche Entscheidung zu treffen. Ihr gefiel der Gedanke nicht, doch dieser Rollentausch störte sie und machte sie gleichzeitig wütend. Sie wusste sehr wohl, dass sie mangels eines eigenen Zufluchtsortes wohl oder übel dazu verurteilt waren, zu organisieren, vorauszuplanen, zu reservieren, und die ständige Unsicherheit hatte etwas Verschleißendes. Würden sie diesen Mangel an wirklicher Ruhe lange ertragen können? Der Ruhe eines gemeinsam verbrachten Abends, an dem man vielleicht nur ein Buch liest, Musik hört, in einer Wohnung, die man selbst ausgesucht und eingerichtet hat. Manchmal fragte sie sich, wo ihre Liebe da überhaupt bleiben sollte.

Doch diese Frage blieb unbeantwortet, und in den Schiffsrumpf drang das erste Wasser ein.

15

Nach und nach, im Laufe der vielen Monate, wurde die Zeit, die sie sich nun schon kannten, eine Art Stütze für sie. Sie hatten gemeinsame Bilder, Geheimnisse, Gewohnheiten. Das genossen sie. Sie hatten die Angewohnheit, sich ab und zu noch zu siezen, wie damals am Anfang. In ihren Ohren gab es nichts Herrlicheres, als wenn er zu ihr sagte: Ich liebe dich. Und wenig später: Madame, Sie haben mir so sehr gefehlt. Dieser *pas de deux* würde sie bis zum Ende begleiten, denn ehe sie endgültig gehen wird, wird sie leise zu ihm sagen: »Verzeih mir, mein Schatz. Bitte, verzeihen Sie mir, Monsieur!« Aber das würde er schon nicht mehr hören.

Eines Tages bat er sie, sie zu einem Schneider am rechten Seine-Ufer zu begleiten, wo er sich den Stoff für einen neuen Anzug aussuchen wollte. Diese Bitte rührte sie. Anfangs war sie etwas scheu, fast linkisch, doch dann fasste sie sich, äußerte ihre Meinung, berührte mit Kennermiene die vor ihnen ausgebreiteten Stoffballen. Dieser hier scheint mir das Richtige zu sein. Gefällt Ihnen dieses Grau hier? Der Verkäufer würde wissen, dass sie nicht seine Frau war, und dieser Gedanke gefiel ihr. Sie war stolz darauf, seine Geliebte zu sein, die Frau, die er ausgewählt hatte und die er so sehr liebte, dass sie ihn bei so intimen Dingen beraten durfte. Denn was seine Kleidung betraf, so war er sehr eigen. *Dandytum? Elegante Manieren, Raffinesse, innere Einstellung*. Nichts überließ er dem Zufall. Seine Selbstkontrolle, die auch seine Kleidung einschloss, war für sie zu Beginn ihrer Beziehung sehr wichtig gewesen. Sie sah darin sehr viel mehr als nur männliche Eitelkeit, die ihr bei anderen Männern schnell auf den Geist ging, sondern eher den Wunsch, sich abzuschirmen und zu schützen. Gleich zu Beginn hatte sie gespürt, dass er alles Legere hasste. Als sie ihn abends zum Schlafengehen ein weißes T-Shirt anziehen sah, war sie richtig beruhigt.

Er war unbestreitbar elegant. Alles an ihm – angefangen bei den Schuhen über Socken, Hemd, Manschettenknöpfe, vom Schal bis zur Krawatte – passte perfekt zueinander und zeugte von Selbstkontrolle. Ihr erster Impuls beim Kennenlernen war es gewesen, seinen Hemdkragen aufzuknöpfen. Das Verborgene aufzudecken. Sie wusste seit langem, dass dieses Verlangen der Zündfunke gewesen war. Als sie eines Tages an der Place Vendome vorbeikam, ging sie zu *Charvet*, ließ Krawatten, die sie für zu gewagt hielt, außer Acht und erstand für ihn ein Taschentuch in Blautönen, seiner Lieblingsfarbe. Kommentarlos schickte sie es ihm zu. Sie stellte sich vor, wie er es morgens faltete, ehe er es in die Tasche steckte. Als sie ihn ein andermal dabei überraschte, wie er Schuhspanner in seine alten *Lobb* – wie er die Schuhe mit einer gewissen Wehmut, da man sie nicht mehr nachkaufen konnte, nannte – schob, empfand sie diese häusliche Gewohnheitshandlung als wunderbaren Beweis ihrer Intimität.

16

Trauben, Himbeeren, Pralinen? Ein Liebesmenü. Sie brachte diese Leckereien nach ihrem Arbeitstag in ihrer Aktentasche mit ins Hotelzimmer. Dort breitete sie alles auf dem Bett aus, und sie feierten ein zärtliches Liebesmahl. Die Weintrauben wanderten von Mund zu Mund, wurden gegeben, zurückgenommen, erneut stibitzt. Einmal hatte sie dabei sein Glied zwischen die Lippen genommen, und der Saft der Himbeeren hatte sich mit einem anderen Saft vermischt, einem intensiveren, bittereren Saft. Seither wurde ihr jedes Mal heiß, wenn sie am Stand eines Obsthändlers ein Körbchen mit Himbeeren sah. All das gehörte zu ihrem geheimen Liebescode. Ich hätte wieder mal Lust auf Himbeeren, du auch? Sie lachten, waren zusammen, enger denn jemals zuvor.

Alles was sie in jenen Monaten dachte, tat oder sagte, hatte mehr oder weniger mit ihm zu tun. Ich muss jetzt auflegen, bleibe aber bei dir, ich bin immer bei dir. Derart dahingesagte Wörter waren nicht einfach nur Worte des Abschieds. Sie waren für sie zu einer Möglichkeit geworden, um ihre Nähe zu demonstrieren, diese Verschmelzung, die sich zwischen ihnen eingestellt hatte und die über sie hinausgewachsen war. Sorgsam hütete sie dieses Gefühl in ihrem Herzen.

Dass das Wasser um sie herum anstieg, wollte sie nicht wahrhaben.

17

Sie wurde vom Regen gepeitscht. Doch sie spürte weder die Regentropfen, noch sah sie die Wolken oder hörte den heulenden Wind. Sie vergaß alles. Ich denke an dich. Ständig denke ich an dich. Und sie glaubte ihm. Niemals zog sie seine Worte in Zweifel.

Erzähl mir von dir. Ich will alles von dir wissen. Manchmal empfand sie solche Befragungen als quälend. Über eine glückliche Kindheit gibt es nicht viel zu erzählen. Sie hatte ihm nur harmonische Bilder zu bieten. Der Geruch einer Suppe, in einer Küche irgendwo auf dem Land, pünktlich aufgetischt, Familienurlaub am Meer, das zufällig auch das seine war. In der Stadt, in der er lebte, hatte sie als Kind ihre Ferien verbracht. Als kleines Mädchen war sie durch die Straßen gegangen, durch die er nun ging, wenn er fern von ihr war. Darin sah sie eine Art Omen.

Vom hellen Glanz ihrer Ehe, von ihren Töchtern erzählte sie nur wenig. Sie stellte auch keine Fragen. Nur ein einziges Mal wagte sie sich auf das verbotene Terrain vor. Sie wollte etwas erfahren über seine Frau, seine Tochter, über sein Leben ohne sie. Und als er ihr antwortete, ohne Umschweife und mit einer gewissen Zärtlichkeit in der Stimme, tat ihr das nicht weh. In diesen Einzelheiten war nichts, das sie verletzt hätte. Seine Liebe zu Frau und Tochter hatte nichts mit ihr zu tun. Er und sie befanden sich an einem anderen Ort; er und seine Frau gingen zwar unweigerlich zusammen durchs Leben, waren im Grunde genommen jedoch allein.

Wenn sie beide sich trafen, brachte keiner von ihnen etwas mit sich. Und sie wusste, dass sie auch nichts davon mitnahmen.

18

Sie erzählte ihm viel von sich. Sie sprach von ihren Ängsten, ihren Misserfolgen und davon, was sie in ihren Augen gut gemacht hatte. Für ihn suchte sie alle Nischen ihrer Erinnerungen ab und grub Dinge aus, die sie längst vergessen geglaubt hatte. Eine tiefe Wunde, die sie lange gequält hatte und die ihr heute noch zu schaffen machte, ließ sie dabei jedoch stets aus.

Eines Tages erwachte dieser alte Schmerz erneut. Sie hatte Durst. Sie hatte schreckliche Lust auf ein Glas. Es überkam sie völlig überraschend, ohne Vorwarnung, nach dreijähriger, absoluter Abstinenz, während der Mineralwasser ihr engster Verbündeter gewesen war. Es geschah eines Abends, am Ende eines Abendessens in einem Restaurant in ihrem Stadtviertel. Ihr Blick fiel auf einmal auf die vielen aufgereihten Flaschen hinter der Theke, und völlig überraschend überkam sie ein unwiderstehliches Verlangen nach einem Glas. Das sagte sie ihm auch, und obwohl er ihren Wunsch etwas seltsam fand, da er sie noch nie einen Tropfen Alkohol hatte trinken sehen, bestellte er für sie den gewünschten Kognak. Als das Glas vor ihr stand, bekam sie Bedenken. Sie wusste, dass es nicht unbedingt eine unwiderrufliche Entscheidung war, doch etwas ließ sie noch zögern. Alle möglichen Bilder jagten ihr durch den

Kopf. Unter Wäschestapeln versteckte Flaschen, das kleine Schildchen der Anonymen Alkoholiker, die weißen Buchstaben AA in einem blauen Kreis, die nüchtern auf den Versammlungsraum hinwiesen, in dem sie schließlich gelandet war. Sie sah sich die ganze Nacht über die Toilettenschüssel gebeugt, wo sie sich pausenlos erbrach, bis sie kein Fünkchen Kraft mehr hatte; sie sah den Blick des Barkeepers, der mit sanfter, aber entschlossener Stimme sagte: Nein, jetzt reicht's, Madame. Gehen Sie nach Hause! Am deutlichsten sah sie die Augen ihrer Töchter vor sich, die sie anflehten: Mama, bitte, hör auf, hör uns zuliebe auf.

Dann tauchte sie aus dem Nebel ihrer Erinnerungen auf und sah wieder ihn. In aller Seelenruhe aß er seine *Crêpe Suzette* zu Ende. Sie griff nach dem Glas und trank. Auf der Stelle fühlte sie sich besser. Es war, als tauche man erneut in eine alte Freundschaft ein, die man zwar vernachlässigt hat, die aber dennoch intakt ist. Sie hatte das Gefühl, als würde in ihr plötzlich wieder ein Feuer auflodern, das zuvor nur Glut gewesen war. Er wunderte sich, wie schnell sie ihr Glas hinunterstürzte. Danach ging alles sehr rasch. Der so lange vergessene Alkohol zeigte eine durchschlagende Wirkung. Sie konnte nur noch aufspringen, zur Tür rennen, zwischen zwei Autos zusammensinken und sich mit aller Macht übergeben. Er war ihr nachgegangen, sah sie in all ihrer Hilflosigkeit, und sobald sie sich wieder einigermaßen gefasst hatte, verlangte er eine Erklärung. Diese gab sie ihm mit leiser Stimme, während er seinen Arm unter ihren geschoben hatte und sie langsam durch die von den Lichtern des Eiffelturms beschienene Parkanlage des *Champ-de-Mars* führte. Die Nacht war kühl, doch das spürten sie nicht. Die wenigen Spaziergänger, denen sie begegneten, führten ihre Hunde aus. Es war der richtige Zeitpunkt. Also erzählte sie ihm von ihrem überwunden geglaubten Alkoholproblem, mit zurückhaltenden Worten, die in Wirklichkeit eine weitaus trivialere Realität überdeckten. Denn sie hatte mit Leidenschaft getrunken, sich voll laufen lassen, bis zum Exzess. Mit einer erschreckenden Maßlosigkeit war sie dem Alkohol verfallen gewesen. Anfangs hatte sie diese Tatsache einigermaßen vertuschen können, hatte ihrer Umwelt ein trauriges Theater vorgespielt, doch bei diesem Spiel kann keiner gewinnen. Als sie erst einmal auf dem absteigenden Ast gewesen war, war sie immer tiefer gerutscht und hatte jene mitgerissen, die ihr am nächsten standen, vor allem ihre Töchter, wofür sie sich bis heute bittere Vorwürfe machte. Sie hatte von ihren Ängsten, ihren Tränen, ihrer großen Liebe zu ihr gewusst, und auch ihre eigenen, nicht gehaltenen Versprechen, die Rückfälle und ihre Scham waren ihr noch stets gegenwärtig. Was würde sie nicht alles für sie tun? All ihre Versuche, ihnen eine gute Mutter zu sein – aber was ist schon eine gute Mutter? Die ganze Liebe, derer sie fähig war, würde niemals ausreichen, um ihr schweres Vergehen jemals wieder gut zu machen. Sie war eine Trinkerin gewesen und hatte ihnen damit sehr wehgetan.

Sie konnte ihm das alles erzählen. Sie spürte seinen Körper neben dem ihren. Sie gingen nebeneinander, im gleichen Schritt. Sie erzählte ihm, wie schwer es ihr gefallen war, bei ihrem ersten Treffen der Anonymen Alkoholiker über sich zu sprechen. Das Treffen hatte in der Amerikanischen Kirche stattgefunden, in einem staubigen Gemeindesaal, in dem man einige Tische zusammengeschoben hatte, auf denen Fruchtsäfte und Schüsseln mit Keksen und Bonbons standen. Durch die Wände hindurch hörte man gedämpft die Gesangsproben des Kirchenchors. Guten Abend, mein Name ist Claire und ich bin Alkoholikerin. Dieser Satz, der Beginn aller Gespräche, stellte für sie so etwas wie ein unüberwindbares Hindernis dar. Sie brachte ihn letztendlich doch über die Lippen, und das sogar mit wesentlich festerer Stimme, als sie es sich jemals zugetraut hätte.

Sein Arm, der auf dem ihren lag, wurde schwerer. Sie würden nun nach Hause gehen, sie war müde. Als sie den Park verließen, verfiel sie ins Schweigen. Er schwieg ebenfalls. An diesem Abend zog er sie aus, als sei sie ein kleines Kind, Kleidungsstück um Kleidungsstück, das er jedes Mal sorgfältig faltete und dann auf den Sessel legte. Er brachte sie ins Bett, streckte sich dann neben ihr aus und hielt ihre Hand. Sie schlief gleich darauf ein, in dem schönen Gefühl, dass alles gesagt worden war.

Nach ihrem Geständnis fühlte sie sich wie neu geboren. Er stellte ihr keine weiteren Fragen mehr. Dafür war sie ihm dankbar. Dieser Teil ihrer Lebensgeschichte, von dem sie sich losgesagt hatte, würde sie beide nicht mehr belasten.

19

Sie gingen wieder getrennte Wege, er im Süden, den sie inzwischen zu hassen gelernt hatte, sie in Paris, das nun wie jedes Frühjahr neu erwachte. Sie stand morgens sehr früh auf und ging ins Büro. Die Arbeit machte ihr Freude. Die Tage vergingen.

Und dennoch geriet das Räderwerk bisweilen aus den Fugen. Manchmal hatte sie das Gefühl, ein Riesengewicht laste auf ihr. Doch sie sprach nie darüber, wenn er am Telefon war. Sie verschwieg dieses neue Gefühl, das von ihr Besitz ergriffen hatte und das nichts anderes war als Angst. Doch er spürte sofort, wenn etwas nicht in Ordnung war. Er stellte Fragen, zeigte sich besorgt, sie allerdings blieb stumm. Sie riss sich zusammen, als ob sie sein Schwächerwerden zu diesem Zeitpunkt schon gespürt hätte. Sie wollte stark sein, und das war sie auch.

Sie vertrieb die von Zeit zu Zeit auftauchenden düsteren Gedanken aus ihrem Kopf, dachte mit Verbissenheit an die schönen Momente, wenn sie zusammen waren. Während sie sich langsam vom Ufer wegtreiben fühlte, klammerte sie sich an die Überzeugung, dass ihre Beziehung zweifellos noch einige Zeit halten würde.

Das Tageslicht gewann wieder die Überhand. Der Frühling spielte eine Melodie des Neuanfangs. Er hängte seinen dunkelblauen Mantel in den Schrank. Seine Aufenthalte in Paris wurden immer häufiger und länger. Er traf sich mit Leuten, suchte einen Job, der es ihm erlauben würde, seine Zeit zwischen der Provinz und Paris aufzuteilen. Sie fühlte sich insgeheim geschmeichelt, dass er ihretwegen dazu bereit war. Sie verfolgte seine Bemühungen fieberhaft und ermutigte ihn, nicht vorschnell aufzugeben und weiterzusuchen. Sie stellte sich vor, dass diese Rückkehr nach Paris für ihn so etwas Ähnliches war, als würde er aus einem langen Tunnel herauskommen, wie das Ende einer selbst auferlegten Strafe, die im Weggehen und in der Einsamkeit bestanden hatte.

Schließlich fand er, wonach er gesucht hatte. Er erzählte es ihr nicht sofort, wollte zuerst ganz sicher sein, um ihr eine eventuelle Enttäuschung zu ersparen. Er teilte ihr die Neuigkeit in einem Brief mit, dem einzigen Brief, den er ihr jemals schreiben sollte, abgesehen von der Postkarte damals und einigen Fleurop-Grüßen, wortkarge Begleiter von Blumensträußen, die er ihr manchmal zustellen ließ. Alte Rosensorten, die ihr Büro aufheiterten.

Eines Tages traf sie ihn, zwischen zwei Terminen, in einem Café ihres Stadtviertels. Sie sah ihn sofort, er saß etwas abseits an einem Tisch. Er las. Vor ihm lag ein kleines Sträußchen aus Veilchen. Diese wenigen Gramm waren sehr wertvoll in den Tagen des Zweifels. Sie gesellten sich zu den anderen Bildern oder Momenten, die sie unbeschädigt im Buch der Gnade notiert hatte. Sie erinnerte sich auch an ihren unbeabsichtigten Besuch in der Kirche *Saint-Sulpice*, als sie sich während eines langen Spaziergangs etwas aufwärmen wollten.

Die Kirche war fast leer gewesen. Nur ein paar einzelne Besucher gingen schweigend umher, mit jenen vorsichtigen Schritten, die man an Stätten wie Kirchen gern an den Tag legt. Das Fresko von Delacroix zog ihre Blicke auf sich. Jemand übte auf der Orgel, und laute Klänge füllten das Kirchenschiff. Fast umgehend nahmen sie auf einem der vielen Stühle Platz. Sie musste später noch oft an die plötzliche Schüchternheit denken, die sie überfallen hatte, als ihr bewusst wurde, dass sie in einer Haltung neben ihm saß, die stark an Beten erinnerte.

Obwohl sie stur geradeaus blickte, fühlte sie sich ihm so nahe, ihn so eng bei sich, dass ihr die Tränen kamen. An diesem Tag betete sie sogar. Sie betete für ihn, für sie beide, für all das, was sie in ungewisser Zukunft auf sie beide zukommen fühlte. Sie bat um Vergebung für ihre Lügen, für diese nicht zu unterdrückende Kraft, die sie zu ihm hinzog und ihr ein Glücksgefühl vermittelte, das sie seither aufrecht hielt. Sie saß hier, auf diesem kleinen Basthocker, und verspürte ein großes Gefühl der Vollkommenheit und des Erfülltseins, gegen das anzukämpfen sie keine Lust verspürte. Und was machte er? Betete er auch? Wartete er darauf, dass sie das Zeichen zum Aufbruch gab? Sie blieben lange so sitzen, in dieser friedlichen Stille und Leere. Beim Hinausgehen blieben sie an den Stufen stehen, als wollten sie den Moment von vorhin noch eine Sekunde länger genießen. Dabei fiel ihr auf, dass das Licht, ein Strahl der letzten Wintersonne, dem Ort einen ganz besonderen Zauber, eine fast italienisch anmutende Schönheit verlieh. Sie sagte es ihm. Er reichte ihr die Hand, und sie nahmen ihren Spaziergang wieder auf.

Ein andermal, als sie ihr Hotelzimmer verließen, um zum Abendessen zu gehen, bat er sie um etwas, das sie verblüffte. Er bat sie, sein Portemonnaie in ihre Tasche zu stecken. Er reichte es ihr mit einer Geste, als sei es die natürlichste Sache der Welt, und sie nahm es entgegen, als wäre es eine Reliquie. In diesem Moment fiel ihr wieder ein, dass ihr Vater ihre Mutter oft um genau dasselbe gebeten hatte, wenn sie zu dritt irgendwo hingegangen waren.

20

Die Arbeit, die er gefunden hatte, würde erst nach den Sommerferien anfangen. Er beschloss, bis dahin einfach häufiger nach Paris zu kommen. Die Suche nach einer Wohnung war eine ideale Ausrede. In dieser Neuerung in seinem Leben sah sie einen Beweis seiner Zuneigung zu ihr. Ihr war auch bewusst, was es für ihn bedeutete, seine Tochter und seine Frau zu verlassen. Wie schwer ihm dies fiel, registrierte sie ganz genau. Sie selbst lebte schon seit Jahren in dieser Zerrissenheit. Auch sie arbeitete in Paris und war unter der Woche die meiste Zeit allein, ohne ihre beiden Töchter, ihren Mann, ihr Haus. Sie erinnerte sich an die kleinen Kleiderstapel, die sie liebevoll am Sonntagabend im Zimmer ihrer Töchter herrichtete. Montag, roter Schottenrock und dunkelblauer Pulli, Dienstag, Jeans und geblümte Bluse. Dasselbe galt für die Mahlzeiten, die vorbereitet und sorgfältig im Kühlschrank verstaut wurden. Organisation war ihr Schlüsselwort. Dennoch kam sie nicht gegen die Schuldgefühle an, unter denen sie damals litt. *Schuldgefühl? Der Eindruck, an etwas schuldig zu sein, ob zu Recht oder nicht.* Über Jahre hinweg fühlte sie sich schuldig, weil sie sich nicht genügend um ihre Familie kümmerte; und jede Kinderkrankheit, jeder Fieberanfall, jeder kindliche Kummer verdoppelten die Schwere ihrer Last.

In der Stadt wurde es wärmer. Grüntöne aller Schattierungen explodierten in den Parkanlagen. Sie hielten sich gern im Freien auf. Der *Jardin de Luxembourg*, den sie schon lange nicht mehr besucht hatte, wurde für einige Zeit zu ihrem bevorzugten Treffpunkt. Wie zwei verliebte Studenten saßen sie auf dem Rand des großen Brunnens und verspeisten die mitgebrachten Sandwichs. Zu diesem Zeitpunkt herrschte eine sanfte Unbekümmertheit zwischen ihnen, für Fragen war kein Platz. Sie wurden von ihren zärtlichen Gesten und ihrem Lachen getragen, sie schritten auf dem Weg bereits lange währender Liebschaften weiter. Nichts und niemand hätte sie zu jener Zeit auseinander bringen können.

21

Eines Tages hatte sie eine Vision, die sie vor Schreck erstarren ließ. Sie hatte gerade sein Hotelzimmer betreten. Es war um die Mittagszeit. Dass sie Hunger verspürte, hatte jedoch nichts mit diesem Zeitpunkt zu tun. Sie kam herein, er war kurz vor dem Einschlafen. Leise zog sie ihren Mantel, ihre Stiefel und ihren Rock aus. Wortlos legte sie sich neben ihn und leistete ihm in seiner stillen Abwesenheit Gesellschaft. Er musste spüren, dass sie neben ihm lag. Sie sprachen nicht, berührten einander nicht. Sie waren nur noch zwei Körper, die nebeneinander auf einem Bett lagen, in der gleichen Stellung: Die Hände auf dem Bauch gefaltet, die Augen geschlossen, die Beine ausgestreckt. Unwillkürlich musste sie an die liegenden Figuren in der Kathedrale *Saint-Denis* denken. Steinerne Körper, für ewig vereint in der kalten Stille des Todes. Trotzdem rührte sie sich nicht. Als sein Atem regelmäßig wurde, begriff sie, dass er eingeschlafen war. Sie setzte ihre Wache fort. Sie wachte über ihn, vertrauensvoll und hingegeben, über sie, ausgeliefert und insgeheim voller Sorge.

22

Er zog nach Paris. Er hatte eine Wohnung in der Nähe der *Arènes de Lutèce* gemietet. Es war ein ruhiges Viertel. In dieser Veränderung sah sie eine Art Neubeginn. Keinen einzigen Augenblick dachte sie, dass diese räumliche Annäherung ihr Leben komplizierter machen würde. Er war ihretwegen nach Paris gezogen. Er freute sich darauf, seine Arbeit als Lektor in einem großen Verlag wieder aufzunehmen. Der Einzug verlief mit viel Lachen und Freude über die gemeinsame Beschäftigung. Von einem Zusammenziehen war nie die Rede gewesen – wie auch? Doch schon gemeinsam den Platz für ein Bild oder einen Spiegel auszusuchen, die Gardinenfarben auszuwählen, all diese Kleinigkeiten gaben ihnen das Gefühl, ein großes Geheimnis zu teilen.

Der große, helle Raum, für den er einige Gegenstände von zu Hause mitgebracht hatte, wurde ihr Zufluchtsort. Sie sahen sich meist abends, nach der Arbeit, manchmal aber auch nachmittags, wenn er zu Hause blieb, um Manuskripte zu lesen. Dann erfand sie schnell irgendwelche Termine, die ihre Abwesenheit erklärten. Ihre Treffen waren stets von großer Leidenschaft geprägt. Doch irgendwann warf sie einen Blick auf ihre Uhr. Sich wieder zu trennen fiel ihnen zunehmend schwerer. Mit feuchten Schenkeln, roten Wangen und dem Geschmack des Schwanzes ihres Liebhabers noch auf den Lippen, verließ sie seine Wohnung. Sie lächelte vor sich hin, von einem unbeschreiblichen Glücksgefühl beseelt. Ein fast animalisches Wohlgefühl durchströmte sie. Man hätte fast glauben können, dass nichts anderes mehr zählte: nur ihre beiden Körper aneinander gepresst, ineinander verschlungen.

23

Im Laufe der Zeit wurden sie immer unvorsichtiger. Auf der Straße hängte sie sich bei ihm ein, in den Kneipen berührte er ihre Wange. Sie hatten immer mehr das Bedürfnis, sich wie ein echtes Paar zu geben. Eines Abends waren sie in einem Konzert, und in der Pause stieß er auf Bekannte, die er schon lange nicht mehr gesehen hatte. Zum Glück kannten sie seine Frau nicht. Das Paar lud sie ein. Kommen Sie doch mal zum Abendessen zu uns. Sie wurde eindeutig für seine Frau gehalten. Der Gedanke, dass sie unbefugt eine andere Identität angenommen hatte, lag ihr allerdings fern.

Einige Zeit später traf sie blitzartig eine Erkenntnis: Sie führte ein Doppelleben. Ganz allmählich hatte sie sich geteilt. Sie hatte sich gespalten, ohne dass es ihr aufgefallen wäre. In ihrem einen Leben gab es ihre Familie, ihr Haus, die Wärme einer seit zwanzig Jahren währenden, stabilen Beziehung, in ihrem anderen diese Hälfte von ihr, die nur ihr und ihm gehörte, die Wohnung in der Rue Rollin, dieses halbe Leben, das sie nach hartem Kampf erobert hatten, zumindest vorläufig. Sie musste an die Kartenhäuser denken, an denen sie als Kind stundenlang gebaut hatte, um die Gesetze der Schwerkraft zu überlisten. Je höher sie kam, desto behutsamer versuchte sie die nächste Karte aufzulegen, doch dann kam unweigerlich jene, deren Gewicht das Ganze zum Einsturz brachte.

Bangen Herzens fragte sie sich, welches für sie beide wohl die letzte Karte sein würde.

24

Liebst du mich? Bist du dir sicher?

Bisweilen konnte er es sich nicht verkneifen, ihr solche Fragen zu stellen. In solchen Augenblicken war sein Blick unruhig. Und was immer sie auch sagte, nichts vermochte seine Unruhe zu vertreiben. Er war weit weg von ihr und kehrte erst dann wieder zurück, wenn er es so wollte.

25

Oft dachte sie, dass sie ein Glückskind war, dass über ihr ein Schutzengel wachte. Das Sandkorn, mit dem sie insgeheim seit langem rechnete, hatte ihr Lügengebäude bisher nicht zum Einsturz gebracht. Es war fast, als lebten sie in einer Welt, in der es keiner Rechtfertigungen bedurfte, in der Entschuldigungen keine Rolle spielten. Aber natürlich rechnete sie mit einem falschen Schritt, einem Irrtum, der ihr mühsam aufgebautes Kartenhaus in sich zusammenstürzen lassen würde. Sie wartete darauf wie auf eine Befreiung. Ihre Seele schrie förmlich danach. Vielleicht würde ein Geständnis alles in ihrem Leben an seinen rechten Platz rücken. Manchmal glaubte sie das, immer dann, wenn ihr das Geheimnis zu schwer wurde, wenn sie das Gefühl hatte, nicht mehr länger schweigen und gleichzeitig lächeln zu können. Am liebsten hätte sie dann geschrien: Ich liebe ihn, wir lieben uns. Sie hoffte, ein solches Geständnis würde ihrer beider Willen beugen, den Lauf der Dinge wieder in Gang setzen und nichts mehr würde sich dieser klar sichtbaren Tatsache in den Weg stellen. Seht ihr, wie sehr er mich liebt? Das Geheimnis, das sie miteinander verband, erstickte sie. Sie sehnte sich nach Wahrheit und Klarheit. Manchmal bekam sie vor lauter Lügen kaum mehr Luft.

Denn nichts zu sagen war schon eine Lüge. Das wusste sie. Je mehr Tage vergingen, je größer wurde die Kluft zwischen ihr und dem, was ihr Leben ausmachte. Sie war am Weggehen, vielleicht war sie schon weit weg. Sie würde eine Menge Leiden hinter sich zurücklassen. Und dieses Leiden war wie ein Kreuz für sie, denn sie wusste, dass *sie* es verursacht haben würde und nichts tun könnte, um es zu lindern. Selbstverständlich durchlitt er dieselben Qualen, das war ihr klar. *Qual: Folter, Tortur, starke seelische Schmerzen.* Genau das war es! Dabei wünschten sie sich nichts sehnlicher als ihre Seelenruhe. Damals dachte sie noch, sie würden sie irgendwann finden. Und dafür war sie zu allem bereit.

26

Dank eines glücklichen Zufalls konnte sie wegen eines beruflichen Termins das Wochenende über in Paris bleiben. Er beschloss, ebenfalls zu bleiben. Diese beiden gemeinsamen Tage waren ein Geschenk des Himmels. Am ersten Morgen schliefen sie lange, als ob die Zeit endlich auf ihrer Seite wäre. Als sie die Augen aufschlug, sah sie ihn, wie er sie, über sie gebeugt, ganz intensiv betrachtete. Sie nahm sich Zeit, jede Menge Zeit, um zu ihm zurückzufinden. Seine Gesten und Bewegungen waren so zärtlich, dass sie an einen Neuanfang dachte. Das Bett war warm. Ihre Beine umschlangen sich. Es gab nur noch dieses Gefühl, die Gewissheit, eins zu sein, und der

Wunsch, das vom Schlaf geschenkte Mysterium noch ein kleines bisschen hinauszuzögern. Er streichelte sie endlos lange. Seine Hände nahmen vollständig von ihr Besitz. Nichts ließ er dabei aus. Er wusste zu warten, sie wusste zum richtigen Zeitpunkt zu kommen. Fast schüchtern drang er in sie ein. Doch dann fanden sie rasch zu einem gemeinsamen Atemrhythmus, ihre Hände griffen härter zu. Er musste sich nicht groß anstrengen. Feucht und warm öffnete sie sich ihm. Die Strahlen der Septembersonne huschten über die Gardinen. Sie kamen fast gleichzeitig. Er hatte auf sie gewartet, ließ sich mit einem lange zurückgehaltenen Zittern gehen, als sie aufschrie. Ihr gemeinsames Lachen brachte sie wieder zurück an die Oberfläche.

Nachdem sie einen Kaffee und er eine Tasse Tee getrunken hatte, bekamen sie Lust auszugehen. Doch zuerst noch baden. Ihr gemeinsames Bad war filmreif. Der Schaum schwappte über den Wannenrand, die Dampfschwaden waren wie eine Hülle, in der sie bestimmte Handlungen wagten, die den Tiefen ihrer Fantasiewelt entstammten. Sie wusch ihn sorgfältig, ließ keinen Quadratzentimeter seiner Haut aus. Er schloss die Augen und ließ sie gewähren. Sie dachte an das abendliche Bad, bei dem sie früher voller Liebe ihre Töchter gewaschen hatte, sie hörte deren unbeschwertes Lachen, als sie inmitten von Mandeldüften mit dem Schaum spielten. Danach hüllte sie ihre Töchter in warme Frotteemäntel und drückte sie als wunschlos glückliche Mutter an sich.

Sie schaute ihm beim Anziehen zu. Das war ihr eigentliches Morgengeschenk. Kein Liebesbeweis, wie intim auch immer, hätte es mit dieser Handbewegung aufnehmen können, mit der er seine Hemdzipfel in die Hose steckte. Sie kniete sich vor ihn und band ihm die Schnürsenkel zu, weil er sich mit der Dickköpfigkeit eines trotzigen kleinen Jungen weigerte zu lernen, wie man einen Doppelknoten bindet.

Dann gingen sie ins Freie, ziellos, zwanglos, nur um diese neu gewonnene Freiheit zu testen. Sie ließen sich einfach treiben, blieben vor Schaufenstern stehen, überquerten Straßen, die sich allmählich belebten. Sie hatte den Eindruck, dass sich die Leute nach ihnen umdrehten. Alles kam ihr wundervoll vor, sie hätte die ganze Welt umarmen können. Erst als es Abend wurde, gingen sie nach Hause. Sie hatte Räucherlachs, Käse und Obst gekauft. Es sollte ein feierliches Mahl werden. Sie wollte den Tisch decken, fand eine blaue Tischdecke und zwei nicht zusammenpassende Gläser. Die Teller waren weiß. Sie nahm sich vor, einiges an Geschirr zu kaufen. Während des Tischdeckens dachte sie an andere Abendessen, die sie in einem großen gastfreundlichen Haus, weit weg, sehr weit weg von hier, gelegentlich veranstaltete. Silberbesteck, kostbares Porzellan, große Damastservietten, Kerzenständer aus Kristall, nichts fehlte in dieser feinen bürgerlichen Atmosphäre, die sie mochte und die ihr Geborgenheit gab. Ihr intimes Mahl an diesem Abend verlief in einer fröhlichen Stimmung. Er erzählte ihr von Reisen, die er gemacht hatte, in einer früheren Zeit, in der die Nacht den Tag ersetzt hatte und er seine Nachmittage beim Pokerspielen in einer großen, fast leeren Wohnung hinter ständig zugezogenen Vorhängen verbracht hatte. Er erzählte ihr auch, dass er Karten gespielt hatte, als sein erster Sohn geboren wurde.

Er könne kein Blut sehen, sagte er.

Dann gingen sie wieder ins Bett, ohne große Umstände, zogen sich langsam aus, so natürlich und ungezwungen, dass man sie für ein langjähriges Ehepaar hätte halten können. Sie kämpfte nicht gegen den Schlaf an, der sie von ihm wegtrug. Sie ließ sich zufrieden hineinsinken. Er hingegen brauchte eine Weile, bis er einschlafen konnte.

Der Sonntag hatte nichts von einem Sonntag. Sie erlebte diese diffuse Angst nicht, die sie immer nachmittags packte, wenn die Stunden der Helligkeit nicht vergehen wollten. Sie taten sich kein einziges Mal weh. Alles passte wunderbar zusammen. Sie äußerte den Wunsch, ins Kino zu gehen. In der Dunkelheit spürte sie sein aufmerksames Profil neben sich. Oft blickten sie von der Leinwand weg und schauten sich schweigend in die Augen. Ihre Hände berührten sich kein einziges Mal. Dann nahm die Straße wieder von ihnen Besitz. Er unternahm keinen Versuch, über den Film zu reden. Das empfand sie als angenehm.

27

Es gab da allerdings auch dieses Gefühl, das beiden anfangs völlig fremd war, jedoch der Beginn einer langen, unruhigen Zeit werden sollte. Je mehr Tage vergingen, umso schwieriger wurde es für sie, ihr Geheimnis für sich zu behalten. Die ungeheure Freude, sich gefunden zu haben und füreinander bestimmt zu sein, vertrug sich schlecht mit Totschweigen. Ihr gut gehütetes Geheimnis, das sie anfangs fasziniert hatte, entpuppte sich mit der Zeit als belastend. Sie sehnten sich nach Licht, Klarheit, Zeugen. Die Einsamkeit, in der sie sich eingerichtet hatten, zehrte nach einiger Zeit an ihnen. Das geschah natürlich nicht von einem Tag auf den anderen. Er ertrug immer weniger, dass sie ohne ihn existierte; und sie konnte sich nicht mehr vorstellen, dass er woanders und ohne sie war. Sie fingen an, aufeinander böse zu sein, weil sie nicht frei waren. Sie begriff nicht sofort, dass sein Umzug nach Paris den Lauf der Dinge beschleunigt hatte. Die geographische Entfernung, die der Zufall ihnen beschert hatte und die sie mit Gewalt aus der Welt geschafft hatten, hatte trotz allem einen gewissen Schutz dargestellt. Zuvor waren sie weit voneinander entfernt gewesen, und die physische Unmöglichkeit, sich zu sehen, hatte dafür gesorgt, dass sie einen kühlen Kopf behielten. Durch seinen Umzug nach Paris, seine Nähe, war ein Gefühl von Ungerechtigkeit entstanden, das sich nur schwer in Schach halten ließ. Warum sich nicht sehen, wenn man nur ein paar Straßen voneinander entfernt ist? In derselben

Stadt, unter demselben Himmel, in demselben Licht. Wie konnte sie da abends zu sich nach Hause gehen? Wie kam er mit diesem permanenten, nicht zu unterdrückenden Verlangen zurecht, sie einfach anzurufen, weil er sie sehen wollte?

Ohne sich dessen bewusst zu sein, fingen sie allmählich an, einander zu beobachten, vom anderen zu erwarten, dass er sich mehr engagierte, mehr verlangte, ein größeres Risiko einging. Sie brauchten Beweise und spürten vage, dass diese eine Gefährdung darstellten. Sie sprachen immer öfter über die Möglichkeit eines Zusammenlebens, und obschon ihnen zu Beginn ihrer Beziehung allein schon der Gedanke unmöglich erschienen war, mussten sie diesem Wunsch nun ins Auge blicken. Sie wollten mehr. Die anderen, die sie sorgfältig ignoriert hatten, über die sie nie sprachen, wurden zu einer Art Spiegel, in dem sie sich nun in einem fort betrachteten. Sie waren nicht allein. Diese Erkenntnis traf sie wie ein Peitschenhieb. Sie waren nicht allein und sie waren auch nicht frei. Folglich begannen sie darüber nachzugrübeln, wie sie es werden könnten.

Was sie sich, jeder in der Stille seiner intimsten Gedanken vorstellten, gehörte nur ihnen. Doch auf jeden Fall wurde sie von nun an eifersüchtig, und er fing an, sie zu überwachen. Je mehr ihre Intimität anwuchs, umso störender wurde das andere, das parallele Leben, das jeder mitbrachte. Sie beriefen sich auf Bekannte oder Freunde, die eine anscheinend gelungene Scheidung hinter sich hatten, sie machten sich Gedanken, wie sich das Zusammenleben in einer zusammengewürfelten Familie anfühlen würde. Wir wären nicht die Ersten, sagte er, und auch nicht die Letzten, führte sie seinen Satz zu Ende. Sie lullten sich gegenseitig mit Worten ein. In ihrem tiefsten Inneren glaubten sie jedoch nicht daran.

Ihre Unzufriedenheit wuchs. Die gemeinsam verbrachten Stunden waren keine zusätzlichen Stunden mehr, sondern fehlende Stunden. Es fehlte ihnen an Zeit, an Freiheit, an allem.

28

Donnerstags fuhr er immer nach Hause. Er kehrte zurück zu den Blautönen, die er so vermisste, in dieses ganz spezielle, goldfarbene und warme Licht, dorthin, wo er ein anderes Licht hinterlassen hatte, eine kleine elfeinhalbjährige, blonde Fee. Seine Tochter, seine große Liebe. Sie wusste, dass diese der wahre Grund für seine Zurückhaltung war. Ein für alle Mal hatte er ihr gesagt, dass nicht einmal ihre Beziehung jemals diese Sicherheit, diese Ruhe gefährden könnte, mit denen er das Leben für seine Tochter gestaltet hatte. Mit diesen Worten markierte er für immer ihren gemeinsamen Weg und gab ihr somit unmissverständlich zu verstehen, dass ihr nur die Möglichkeit des Wartens blieb. Sie entschied sich für Geduld und schlug somit eine Richtung ein, die dem Verzicht nicht fern war. *Verzicht? Aus eigenem Willen auf etwas verzichten. Einem Menschen oder einer Sache entsagen.* Man kämpft nicht gegen ein elfjähriges Kind an. Das wusste sie, und er wusste es ebenfalls. Immer wenn alles kurz vor einer Explosion stand, wenn ihr ein Geständnis auf den Lippen brannte, die Flamme schwächer wurde und ein einziges Wort ausgereicht hätte, um sie wieder zu beleben, dachte sie an seine Tochter. Er hatte die kindliche Klarheit zwischen sie beide gestellt, und dem konnte sie sich nur beugen. Es wäre gelogen zu behaupten, dass dies ihr immer leicht fiel. Sie durchlitt Augenblicke des Zorns und der Rebellion, die umso intensiver waren, da sie sie für sich behalten musste. Sie tat ihr Möglichstes, damit er die Wutanfälle nicht mitbekam, die sie manchmal packten. Stattdessen gab sie sich in solchen Momenten hart und herzlos. Sie wurde von schlimmen Gedanken durchbohrt, die alles andere mit sich fortrissen. Sie war dann nur noch ein leidendes Häuflein Elend. Sie wollte ihn für sich allein haben, von allem losgelöst, als ob sich die Liebe durch Verzicht vergrößern könnte. In solchen Augenblicken wollte sie ihn nicht sehen und nicht sprechen. Sie blieb allein mit ihrer Wut, wartete darauf, dass diese sich wieder legen würde, und erst wenn wieder Ruhe in ihr Herz einkehrte, wurde sie wieder vernünftig.

In den Ferien an Allerheiligen erwartete sie eine Überraschung. Er würde seine Tochter mit nach Paris bringen. Er wollte ihr die Stadt zeigen, mit ihr ins Theater, ins Kino, in Restaurants gehen. Das hatte er ihr versprochen. Er berichtete von der Freude und der Aufregung, die sein Vorschlag hervorgerufen hatte. In dieser Woche würden sie sich nicht treffen. Sie wusste, dass er mit seiner Tochter zusammen war, und in Gedanken war sie bei ihnen. Doch auf einmal verspürte sie ein verrücktes Verlangen. Sie wollte seine Tochter sehen – wenigstens von weitem. Sie wollte diesen Teil von ihm anschauen, von dem sie ausgeschlossen und wie besessen war. Das Programm, das er aufgestellt hatte, kannte sie auswendig, und so beschloss sie, dem Zufall etwas nachzuhelfen. Am Donnerstagnachmittag wollten sie in die *Comédie Française* gehen. Wäre es so gefährlich, wenn sie im Foyer stehen und auf sie warten würde? Sie würde sie nur von weitem, wirklich nur aus der Ferne anschauen. Sie kam sehr früh, versteckte sich halb hinter einer Marmorsäule und starrte zitternd auf die Eingangstür. Ihr war heiß, sie fühlte sich alles andere als wohl. Sie wurde das ungute Gefühl nicht los, etwas Verbotenes zu tun. Noch hätte sie weggehen, hinausgehen können. Doch sie blieb. Die beiden kamen und kamen nicht. Sie begann sich zu fragen, ob sie es sich vielleicht anders überlegt hatten. Das Lächerliche ihrer Situation war ihr bewusst. Sie versteckte sich wie eine Diebin, auf der Suche nach Bildern von seinem Leben ohne sie. Wenn er sie sähe, könnte sie ihm vor Scham nicht in die Augen blicken. Und dann betraten sie das Foyer. Was sie erblickte, war schmerzhaft und bezaubernd zugleich. Sie war bildhübsch, seine Tochter, ihre Anmut noch nicht ganz ausgeprägt. Die blonde Haarfarbe erinnerte sie an andere Blondschöpfe. Die Umrisse und die Erscheinung an sich erinnerte sie an ihre Töchter, als diese etwa im selben Alter gewesen waren. Dann fiel ihr Blick auf ihn, und etwas in ihrem Inneren wurde weich. Er strahlte, seine Hand ruhte auf der Schulter seiner Tochter, er zeigte auf die Warteschlange, in die sie sich dann einreihten, er drehte ihr den Rücken zu. Sie betrachtete die beiden noch eine Weile, zwei Liebe verkörpernde Silhouetten; er leicht zu ihr hinuntergeneigt, mit ihr sprechend, während sie mit strahlenden Augen zu ihm hinaufblickte.

Auf einmal durchfuhr sie ein schmerzlicher Gedanke. Sie betrachtete ihren Geliebten, doch er war nicht mehr ihr Geliebter. Er war der aufmerksame, liebende Vater eines Kindes, das nicht *ihr* Kind war.

Sie sollte ihm nie erzählen, dass sie ihn an diesem Nachmittag beobachtet hatte. Diesen Augenblick behielt sie für sich wie eine Schwäche, von der man nicht spricht, die aber für immer ein Hindernis auf dem Weg zu einem möglichen Glück darstellt.

29

Und wieder wurde es Winter. Am Nachmittag musste man immer früher das Licht anmachen. Wenn sie die Wohnung in der Rue Rollin verließ, fröstelte sie.

Die Rückkehr in ihr Leben fiel ihr immer schwer. Sie hatte das Gefühl, von einem ständig schwerer werdenden Gewicht erdrückt zu werden, weshalb sie keine Ruhe mehr fand. Immer tiefer verstrickte sie sich in Lügen. Wenn sie zusammen waren, mieden sie das Thema einer gemeinsamen Zukunft. Und doch fragten sie sich insgeheim immer häufiger, was geschehen würde. Werden wir noch lange so weitermachen können? Was wird aus uns werden? Diese Fragen brannten in ihnen, und sie wollten sie nicht beantworten. Doch sie brannten langsam weiter, und nichts würde dieses Feuer löschen können. Obschon die Realität um sie herum immer bedrohlicher wurde, erlebten sie hin und wieder Augenblicke reinen Glücks. Viele ihrer Treffen waren wie ein Fest, und sie erlebten, von allem losgelöst, leichte und zärtliche Stunden. Sie hatte das Gefühl, mit ihm zusammen in einen Zustand totaler Unschuld zurückzukehren. Beide erreichten sie die jungfräulichen Ufer der Jugend, wo alles, vor allem das Unmögliche, erlaubt ist. Diese Zeit von früher, die Zeit der geschenkten Zärtlichkeit. Denn was sie miteinander verband, war Bestandteil dieser Unvernunft, dieses Zustands der Verantwortungslosigkeit, der sie schon so weit geführt hatte, sich bald aber gegen sie wenden würde.

Hast du mit jemandem über mich gesprochen? Natürlich hatten sie am Anfang, jeder auf seine Weise, über das gesprochen, was ihnen zugestoßen war. Sowohl sie als auch er hatte eine Freundin oder einen Freund, die als stille Vertraute, zuerst neidisch, dann besorgt, dem Geständnis dieser *Amour fou* gelauscht hatten, die vermutlich das Leben der Betroffenen, die er oder sie kannte, zerstören würde. Ja, sie hatten in allen Einzelheiten geschildert, in welche Richtung sich ihre Gefühle, die sie überschwemmten, entwickelt hatten, diese unbeschreibliche Wonne, der sie sich mit Haut und Haaren hingaben. Die Beschreibung des geliebten Menschen, das anfängliche Herzklopfen, die Unruhe – über all diese Dinge hätten sie endlos und mit wachsender Begeisterung erzählen können. Hast du ihm von mir erzählt? Was hast du ihr gesagt? Was hat sie dazu gemeint? Sie erzählten sich diese Gespräche mit der spitzbübischen Freude, die man empfindet, wenn man ein Geheimnis mit mehreren Personen teilt, als ob diese Selbstprojizierung es realer machen würde. Indem sie jedoch die wahren Fragen mieden und sich weigerten, auf einem so gefährlichen Weg ihrem gesunden Menschenverstand zu folgen, wurden sie mit der Zeit zum Schweigen gezwungen. Sie antworteten ausweichend, gaben über den Wirbelsturm, der in ihnen tobte, keine Einzelheiten mehr preis. Hast du heute schon von mir gesprochen? Nein. Die Antwort lautete nunmehr immer unweigerlich gleich, egal ob sie von ihr kam oder von ihm. Eines Tages sagte sie ihm, dass es nichts brachte, wenn sie mit anderen über sich redeten. Sie waren schon zu weit weg, hatten den beruhigenden Rahmen der Erklärungen endgültig hinter sich gelassen. Wozu das Unerklärliche erklären? Wie das Unaussprechbare aussprechen? Er nickte. Von da an waren sie unerreichbar. Endgültig allein. Was sie erlebten, war kein banaler Ehebruch. Sie waren woanders. Was sie erlebten, war zu groß, zu stark. Diese gemeinsame Feststellung war ein entscheidender Schritt in Richtung ihres Verderbens.

30

Sie brauchten Gewalt. Die Unbeweglichkeit, in die sie ihre Liebe wie hinter einem Vorhängeschloss eingesperrt hatten, jagte ihnen irgendwann Angst ein. Nichts zu tun, keine Entscheidungen zu treffen, um irgendwann aus dieser Sackgasse herauszukommen, in die sie sich geflüchtet hatten, das alles brachte sie noch stärker gegeneinander auf, als ein offen erklärter Konflikt es vermocht hätte. Miteinander zu schlafen wurde zu einem Kampf, zu einer Möglichkeit, ihren fehlenden Mut zu vergessen. Ihr Bedürfnis, durch seine Hand zu leiden, war ebenso stark wie sein Bedürfnis, sie zu schlagen. Da er sie nicht mit Haut und Haaren besitzen konnte, unterjochte er sie ständig, weil er nur in ihrer Unterwerfung das Gefühl hatte, dass sie ihm endlich ganz gehörte. Sie gingen in diesem Punkt so weit, wie es nur möglich war, und diese ständig wiederholten Wagnisse und Grenzüberschreitungen machten für eine gewisse Zeit ihr beiderseitiges Gefühl von Ohnmacht und Unfähigkeit erträglicher. Es war die Unfähigkeit, zu ihrer Liebe zu stehen, sie offen auszuleben, die Rückkehr in die Welt der Lebenden zu akzeptieren, dorthin, wo Menschen lebten, die ihretwegen leiden würden. Sie liebten sich, indem sie sich dafür bestraften. Im Laufe der Zeit war das für sie die einzige Art des Zusammenseins geworden.

Die Angst machte sich wieder bemerkbar. Sie konnte nicht mehr an ihn denken, ohne nervös zu werden; er fand keine Worte mehr, die sie beruhigt hätten. Sie wurden schwermütig. Sie begann, die Wohnung in der Rue Rollin zu verabscheuen. Die Gegenstände, die er dorthin gebracht hatte, waren greifbare Beweise seines Lebens ohne sie. Dies war sein Ort, und sie war nicht dort. Irgendwann begann sie, die Anonymität der Hotelzimmer zu vermissen, in denen wenigstens Neutralität geherrscht hatte, in der sie gleichberechtigt gewesen waren. In seiner Wohnung war es etwas anderes. Sie wusste, dass sie dort keine Spuren hinterlassen durfte. Niemals in der ganzen Zeit hatte sie auch nur ein Kleidungsstück oder ein Kosmetikfläschchen dort gelassen, das nach ihrem Weggehen noch an sie erinnert hätte. Was ihr anfangs wie ein Zeichen ihrer Diskretion vorgekommen war, wurde nun der sichtbare Beweis für seinen fehlenden Wunsch, ihre Anwesenheit in seinem Leben wirklich zu spüren. Was hätte sie nicht dafür gegeben, ihre beiden Bademäntel nebeneinander hängen zu sehen, oder ihre Zahnbürste auf dem Waschbecken stehen zu lassen. Mit einem Mal vermisste sie all diese so schlichten Gemeinsamkeiten, über die sie sich immer gern lustig gemacht hatte. Sie hätte diese armselige Intimität gebraucht. Wie fern war das Entzücken der ersten gemeinsamen Nacht, das erste Aufwachen an seiner Seite, das – wie sie sich erinnerte – sie glücklicher gemacht hatte als sämtliche Versprechungen eines gemeinsamen Lebens es vermocht hätten. Sie wollte jetzt mit ihm zusammenleben, Tage und Nächte mit allen Höhen und Tiefen mit ihm teilen, mit den Zweifeln und Ärgernissen, mit der schmutzigen Wäsche und dem überfälligen Putzen. Sie konnte und wollte nicht mehr nur am Rande seines Lebens stehen. Und sie nahm es ihm übel, weil er sie dort stehen ließ.

31

Sie erlebten ihren Schwanengesang. Er dauerte den ganzen Frühling und war wunderbar. Drei Monate leidenschaftlicher Hingabe an das, was gewesen war und dann zu welken begann. Zuerst glaubten sie überall einen viel versprechenden Neubeginn zu sehen – in dem intensiver werdenden Licht, im rosa Nebelkranz, der die Baumkronen umhüllte, in der milder werdenden Luft. Alles kam ihnen irgendwie beruhigend vor. Der lange Tunnel des Winters lag hinter ihnen. Sie fasste wieder Vertrauen. Zusammen fanden sie ihre verloren geglaubte Leidenschaft wieder. Er wollte ihr den Park vom Schloss von Versailles zeigen, dort mit ihr spazieren gehen. Eines Morgens würden sie mit der Bahn hinfahren. In einem anderen Leben hatte er dort gewohnt, wie er sagte. Seine Erinnerungen an damals waren voll von Schönheit. In der Harmonie dieser weitläufigen Parkanlage fand er Ruhe.

Sein fast pedantischer Ordnungssinn war ihr schon lange aufgefallen. Bisweilen ertappte sie ihn dabei, wie er heimlich irgendwelche Gegenstände vom Nachttisch wegräumte oder ihre Kleider, die sie gerne herumliegen ließ, sorgfältig zusammenlegte. Darin sah sie jedoch keinen sterilen Ordnungsfimmel, sondern eher die Spuren eines tiefer liegenderen Leidens, dessen Ursprung in weiter Ferne lag. Sie sah ihn vor sich, wie er als kleiner, siebenjähriger Internatsschüler der lieblosen Erwachsenenwelt die wütende und gründliche Ordnung eines gefüllten Koffers entgegenhielt – eines Koffers, der das ganze Hab und Gut, all die armseligen Geheimnisse eines siebenjährigen Kindes umfasste. Sieben Jahre – das Alter, in dem man zu verstehen beginnt. Für ihn war es eine Zeit der Einsamkeit. In der Klosterschule lernte er den Unterschied zwischen Kindern aus erster und zweiter Ehe kennen. Er hatte begriffen, dass seine Anwesenheit zu Hause nunmehr unerwünscht war und seine weitere Erziehung fern der Heimat erfolgen würde. In den kalten Wintern der *Montagne Noire* fasste er den Beschluss, nie wieder in dem Maße zu leiden, wie er in der trügerischen Behaglichkeit seines Einzelzimmers gelitten hatte, in einer sehr strengen Schule, in der man für die sorgfältig ausgewählten Schüler bewusst auf ein enges Zusammenlebens im Schlafsaal verzichtet hatte.

Sie ahnte, woher sein Bedürfnis kam, die Realität zu beherrschen, was sich ebenso durch seine strenge Erscheinung als auch durch die pedantisch anmutende Ordnung ausdrückte, die er in allen Lebensbereichen an den Tag legte. Auch wenn für ihn damals die Erde gebebt hatte, auch wenn er gespürt hatte, wie das Fundament seiner Kindheit und Jugend definitiv Risse bekam – das alles war schon lange her, und er hatte in der Zwischenzeit gelernt, auf diese Leere aufzubauen, indem er sich allem, vor allem Gefühlen gegenüber, verschloss. Sich nicht auszuliefern war noch immer das sicherste Mittel, um nicht leiden zu müssen. Er hatte sein Leben auf der Basis dieser Zurückhaltung seiner selbst aufgebaut, abgesehen natürlich von der abgöttischen Liebe zu seiner Tochter, die eine wunderbare Ausnahme der Regel war. Für sie wollte er all das, was er selbst nicht gehabt hatte – Wärme, Sicherheit, die Sicherheit einer grenzenlosen Liebe.

Und dennoch gab es dieses Bild, das sie unter allen anderen ausgesucht hatte, an einem Abend, zu Beginn ihrer Beziehung, als er einen mit Fotos gefüllten Umschlag aus seinem Koffer geholt hatte, die er eigens für sie mitgebracht hatte. Schwarzweißbilder, eine Familiengeschichte, aus den wenigen Jahreszahlen zusammengesetzt, die auf der Rückseite jeder Aufnahme mit Bleistift notiert worden waren. Phnom Penh, 23. Juli 49. Vincent, sechs Monate, und seine Mama. In einem Garten war eine Stola ins Gras gelegt worden, vielleicht auch eine Tischdecke. Eine auf dem Bauch liegende Frau streckt anmutig die Hand aus. Sie lacht, und es hat den Anschein, als wollte sie, dass das Baby an ihrer Seite nach ihren Fingerspitzen greift. Sie trägt ein geblümtes Kleid, sie ist elegant. Das Kind liegt beinahe in der gleichen Stellung, es stützt seine Händchen flach auf der Unterlage auf und hebt den Kopf. Lachend und fasziniert betrachtet das Kind, wie sich die Hand der Mutter in einen Schmetterling verwandelt. Sie hat dieses Foto ausgesucht, zusammen mit einer anderen Aufnahme, die ihn im Alter von neun Jahren zeigt. Er trägt die Schuluniform des Internats und steht kerzengerade vor der Kamera. Er steht auf einer Wiese, irgendwo im Freien. Und er wirkt trotzig und unglücklich.

Er schien überrascht, dass sie ausgerechnet diese beiden Fotos haben wollte. Vor allem das mit dem Baby und seiner Mutter. Möchtest du nicht lieber ein Foto mit meinem Vater darauf? Er schien irgendwie gereizt. Sehr viel später erst vertraute er ihr an, dass er das Wort »Mama« nie ausgesprochen hatte.

Über diese abgelehnte Mutter erfuhr sie ansonsten nichts mehr.

32

Dann kam die Zeit der ins Meer geworfenen Flaschenpost. Sie taten Dinge, die wie Liebesbeweise aussahen. Und dabei waren es in Wirklichkeit die letzten Versuche, den Kopf über Wasser zu halten. Als sie eines Tages seine Wohnung betrat, saß er am Tisch und überreichte ihr ein in blaues Papier eingewickeltes und mit einem schwarzen Band verschnürtes Päckchen. Sie öffnete es. Er hatte es eindeutig selbst eingepackt, und die Vorstellung, dass er sich nur für sie diese Mühe gemacht hatte, rührte sie mindestens genauso wie das Geschenk an sich. Als sie den Inhalt entdeckte, verschlug es ihr die Sprache. In einem Kästchen lagen zwei glänzende Schlüssel an einer silbernen Kugel als Schlüsselanhänger. Mit einem zufriedenen Lächeln nahm er ihre Verblüffung zur Kenntnis. Sie nahm die Zweitschlüssel entgegen, als würde es sich um einen Trauring handeln, und ließ sie in die Innentasche ihrer Handtasche gleiten. In den folgenden Monaten berührte sie sie oft mit Inbrunst, und allein schon der Kontakt mit dem kalten Metall gab ihr Kraft zum Weitermachen. Ein andermal war sie es, die ihn sprachlos machte, indem sie ihm ihren Taufanhänger schenkte, eingepackt in ein kleines Samtetui. Dieser kleine Gegenstand, eines ihrer ersten Besitztümer, den sie so lange um den Hals getragen hatte, war wie eine Verlängerung ihrer selbst. Er war erschüttert und blieb lange stumm, als ob er unfähig wäre, seine Rührung in Worte zu fassen. Gegenstände, die man nur heimlich berührt, Liebesamulette, derlei Dinge beschützten sie noch vor einem unsicheren Schicksal, das sie undeutlich erahnten.

33

Sie entdeckten die Sanftheit wieder. Eine Zeit lang vergaßen sie, sich wie Ertrinkende zu verhalten. Die Gewässer waren ruhiger, sie ließen sich sorglos von ihnen tragen. Sie liebten sich oft und lange. Ihre Hände streiften sich, ihre Lippen berührten sich. Er nahm sie ohne große Umstände, sein Schwanz drang schnell ganz tief in sie ein, wurde reglos, verharrte in ihr. Manchmal schliefen sie so ein, ohne sich zu bewegen, ohne Höhepunkt, nur von sich selbst erfüllt. Oder sie nahm ihn in den Mund, lutschte voller Hingabe und fand so ein vergessenes Gefühl wieder, wie wenn man seinen Hunger stillt, und wenn sie schließlich gesättigt war und ihn wieder frei gab, genossen sie einen Zustand absoluter Ruhe und Entspanntheit.

34

Die Spaziergänge durch die Straßen wurden wieder zu einem beglückenden, entspannenden Erlebnis. Sie ließen sich von der Stadt führen, gingen zu unbekannten Orten, überquerten die Seine. Vertrauensvoll gab sie ihm ab und zu ihre Hand. Er drückte sie kräftig, ohne ihr wehzutun, eher zärtlich. Parks waren ihre Lieblingsziele. Dort saßen sie lange, sprachen wenig, achteten auf das Licht, auf Geräusche, auf das, was sie umgab und gleichzeitig schützte. Aber dennoch durchlebte sie Phasen der Angst, nach denen sie sich leer und ausgebrannt fühlte. In solchen Momenten war er für sie fast ein Fremder. Was hatte sie an der Seite dieses Mannes zu suchen, der nicht ihr Ehemann war? Wie konnte sie sich mit ihm, weit weg von ihrem eigentlichen Leben, fern ihres Heims, so wohl fühlen? War es möglich, dass sich ihr so geduldig zusammengestricktes Glück irgendwann unversehens auflösen würde, wie die langen Wollschals, die ihre Großmutter bisweilen auftrennte, vor den Augen von ihr als kleines Mädchen, das fasziniert auf die sich blitzschnell lösenden Maschen starrte, die zu einem gekräuselten Wollfaden wurden, der sofort stramm aufgewickelt wurde. Auf diese Weise entstanden Knäuel aus gebrauchter Wolle, die in einem Handarbeitskorb landeten, man kann nie wissen, vielleicht konnte man sie irgendwann wieder brauchen. Aber sie wurden nie mehr gebraucht.

Sie wurde das Gefühl nicht los, dass sie nicht mehr lange ohne Fragen auskommen würden.

35

Von einem bestimmten Zeitpunkt an hatte sie den Eindruck, einen Ruf zu hören. Wann dieser Eindruck sich verstärkte, hätte sie hinterher nicht sagen können. Aber sie spürte, dass sie ihr Ziel erreicht hatten.

Als sie eines Abends auf dem Nachhauseweg zur Bushaltestelle ging, blieb sie vor dem Schaufenster des Juweliergeschäfts stehen. Wo war der Opal? Sie sah ihn nicht mehr. Doch dann entdeckte sie ihn und war erleichtert. Ohne lange zu überlegen betrat sie den Laden und kaufte den Ring. Sie lehnte das angebotene Schächtelchen ab und steckte ihn sofort an den Finger. Sie verspürte ein Gefühl immenser Zufriedenheit. Mit strahlenden Augen betrachtete sie ihre Hand und ließ den Ring mit dem Licht spielen. Der Stein schien lebendig zu sein. Sie fand es schön, dass der Juwelier gesagt hatte, sie solle den Stein bei sehr trockenem Wetter in feuchte Watte einwickeln und darin aufbewahren. Der Opal ist ein empfindlicher Stein, man muss sich gut um ihn kümmern. Den Gedanken, dass ihr Ring bei zu großer Hitze leiden könnte, fand sie tröstlich. Als sie an diesem Abend nach Hause kam, streifte sie all ihren anderen Schmuck ab. Sie legte auch ihre Uhr ab. Ihr fiel wieder ein, dass eines der ersten Dinge, die ihr an ihm gefallen hatten, die Tatsache gewesen war, dass er keine Uhr trug. Dieser freiwillige Verzicht war für sie eine Geste der Freiheit. An das Ammenmärchen, dass Opale Unglück bringen sollten, dachte sie nicht mehr.

36

Was kann man über sich sagen, wenn der andere nichts von einem weiß? Wie kann man all die Dinge an die Oberfläche zurückholen, die einen ausmachen, in allen guten und allen schlechten Tagen des Lebens? Sie erzählte trotzdem von sich, mit großer Gewissenhaftigkeit. Manche Erinnerungen kamen von so weit her, dass sie den Eindruck hatte, von einer anderen zu erzählen. Erzähl mir von dir, aber nur, wenn du willst. Diese so höflich, so vorsichtig geäußerte Bitte, die typisch für ihn war, brachte sie dazu, sich ihm vorbehaltlos anzuvertrauen. Eine glückliche und einsame Kindheit, das stand fest. Enfant unique – Einzelkind. *Unique* konnte aber auch einzigartig bedeuten. Sie dachte an die Doppelbedeutung dieses Ausdrucks, den sie so oft schon ausgesprochen hatte und der eine Mischung aus Ohnmacht und Originalität zugleich war. Sie hatte es ihrer Mutter übel genommen, dass diese sie in diesem »Einzelkind-Status« belassen hatte, in dieser wahren Einsamkeit, einer absoluten Leere, die sie von Anfang an geprägt hatte. *Einzeln: Etwas, das einmalig ist, von nichts Ähnlichem begleitet wird. Einzigartig? Unersetzlich, außerordentlich.* Hierin lag die Erklärung für ihr Leben. Ein wesentlicher Mangel und eine trügerische Sicherheit. Mangel an Geschwistern, an Blutsverwandten, die einem allen Widrigkeiten des Lebens zum Trotz erhalten blieben. Wie alle anderen Kinder in ihrer Situation neigte sie natürlich dazu, die Bindung zwischen Geschwistern zu idealisieren, sie spürte genau, dass ihr vieles entgangen war. Dennoch spürte sie die Gewissheit, einzig und einzigartig zu sein, das Kind, das ausgereicht hatte, den Kinderwunsch einer Mutter zu erfüllen. Sie erinnerte sich, dass sie in der Schule nur wenige Freundinnen hatte. Zu hochmütig, zu stolz. Diese Kurzbeschreibung passte auf sie. Hochmütig und stolz. Das war sie mit Sicherheit.

Sie erzählte ihm alles. Von ihren ersten Spielsachen, ihren ersten Liebschaften. Immer unmögliche, immer unglückliche Beziehungen. Sie gestand ihm auch ihren Hang zu älteren Männern, wesentlich älteren Männern. So erfuhr er auch, dass sie sich häufig zu den Freunden ihres Vaters hingezogen fühlte. Und diese stürmische Geschichte, in die sie kurz vor ihrem siebzehnten Geburtstag hineingeriet, als sie gerade in die elfte Klasse gekommen war.

Sie geht durch die Straßen, hat im Kino gerade einen Film von Louis Malle gesehen. An der Kreuzung Boulevard Raspail und Boulevard Montparnasse kommt ihr ein Mann entgegen. Sie schaut ihn frech an, er dreht sich nach ihr um. Da geht sie ihm nach und spricht ihn an, ehe er im Bauch der Metro verschwunden ist. Mit natürlichen, nicht aufgesetzten Worten. Schüchtern ist sie nicht. Sie ist stolz, hochmütig. Er fühlt sich geschmeichelt, dass sie sich ihn ausgesucht hat, wundert sich. So gerät er unbeabsichtigt in das Leben einer noch sechzehnjährigen Gymnasiastin. Vier Jahre lang werden sie sich mehr oder weniger regelmäßig treffen. Er wird ihr unter anderem beibringen, wie man mit Stäbchen isst, und ihr T. S. Eliot und Dylan Thomas zu lesen geben. Sie trägt ihm Gedichte vor, mit einer Intonation, die ihn dahinschmelzen lässt. Sie treffen sich bei ihm, in einem großen Appartement. Nachts liegt sie an seiner Seite und hört viertelstündlich die Uhr des Senatsgebäudes schlagen. Sie hat das Gefühl, etwas Außergewöhnliches mit jemand Außergewöhnlichem zu erleben. Der Altersunterschied beträgt 32 Jahre. Diese Geschichte passt zu ihr, sie mag das Geheimnisvolle und das Komplizierte daran. Später führt sie ein Zufall des Lebens noch einmal zusammen. Sie redet sich ein, dass sie sich mit den Blicken zweier Menschen angeschaut haben, die sich aneinander erinnern.

Er hörte aufmerksam zu. Sie lullte ihn mit ihren Worten ein, wiegte ihn sanft. Auch er erzählte von sich. Aber seltener. Er erzählte von sich in Bruchstücken, mit flacher Stimme, wie unbeabsichtigt, zufällig. Geduldig rekonstruierte sie so den Ablauf seines Lebens, mit großen Lücken, die sie jedoch nicht weiter störten. Eines Tages kam ihr ein Wort in den Sinn, das sie überraschte. *Rekapitulation: Zusammenfassende Wiederholung, eine Sache in den Hauptpunkten wiedergeben, einen Überblick geben.* Sie erzählte von sich, doch in erster Linie rekapitulierte sie ihr bisheriges Lebens. Derart erleichtert könnte sie es endlich einmal entschlossen in die Hand nehmen und zu diesem letzten Punkt hinführen, der sich nunmehr undeutlich vor ihr abzeichnete.

37

Es war Anfang Mai. Der Monat der Marienfeste und der vielen Feiertage. Er war nicht sehr oft in Paris. Da machte sie ihren ersten Fehler. Als sie eines Nachmittags in ihrem Büro saß, überkam sie plötzlich Lust, in die Rue Rollin zu gehen. Sie wusste, dass er nicht da war, und der Gedanke, sich ohne ihn dort aufzuhalten, reizte sie mit einem Mal. Was hoffte sie zu entdecken, was sie noch nicht wusste? Sein Appartement war klein. Sie kannte jede kleinste Ecke, doch der Gedanke, die Schubladen aufzumachen oder den Ort, an dem er ohne sie lebte, ungestört in Augenschein nehmen zu können, war einfach zu verlockend. Die Schlüssel hatte sie ohnehin. Das Gebäude wirkte unbewohnt. Sie fuhr nicht mit dem Lift, sondern ging die Treppen hoch und hatte dabei das unangenehme Gefühl, etwas Verbotenes zu tun. Doch diesen Gedanken verdrängte sie rasch wieder. Zum beinahe ersten Mal benutzte sie ihre Schlüssel. Fast schüchtern betrat sie die Wohnung. Diese war mustergültig aufgeräumt. Durch die zugezogenen Vorhänge drang gedämpftes Licht herein. Sie hatte das Gefühl, mit ihrem Körper den ganzen Raum zu füllen. Auf Anhieb blieb ihr Blick an einem Bilderrahmen auf dem Nachttisch hängen. Es war ein Foto von seiner Frau und seiner Tochter, irgendwo im Freien aufgenommen, vielleicht an einem Strand. Es war das erste Mal, dass sie das Gesicht seiner Frau sah. Sie betrachtete es lange, ohne dabei etwas Bestimmtes zu empfinden. Er hatte also doch ein Foto hierher mitgebracht und versteckte es, wenn er wusste, dass sie kam. Das interpretierte sie als seinen Wunsch, ihr nicht wehzutun. Er liebte seine Frau, er liebte seine Tochter. Wie hätte sie ihm das übel nehmen können, wo sie doch in derselben Zerrissenheit lebte? Sie setzte sich an den Tisch, starrte auf die Schublade und zögerte kurz. Doch dann sagte sie sich, dass sie schließlich aus diesem Grund gekommen war und öffnete sie mit einem entschlossenen Ruck. Papiere, Kontoauszüge, Rechnungen, diverse Zettel, ein Feuerzeug, Medikamente. Neugierig geworden, betrachtete sie diese genauer. Sie hatte ihn noch nie Medikamente einnehmen sehen. Bevor sie irgendetwas anfasste, prägte sie sich genau ein, wo der jeweilige Gegenstand gelegen hatte, um ihn an seinen ursprünglichen Platz zurücklegen zu können. Diese Vorsichtsmaßnahme war ihr unangenehm. Die Medikamente sagten ihr nichts. Sie begriff nicht, für oder gegen was sie sein sollten. Bei der Durchsicht der Kontoauszüge hingegen wurde sie stutzig. Die Minusbeträge kamen ihr enorm vor. Da sie nie über Geld sprachen, hatte sie keine Ahnung, was für einen Lebensstandard er hatte. Doch noch im selben Augenblick wurde ihr klar, dass sie das sowieso nichts anging. Sie bereute, in seinen Auszügen herumgeschnüffelt zu haben. Es ging sie doch wirklich nichts an. Dennoch wühlte sie weiter. Sie fand noch ungeöffnete Telefonrechnungen, diverse Mahnungen, eine komplette einseitige Korrespondenz, die sich angesammelt hatte und die ihn ganz offensichtlich nicht interessierte. Mit einem energischen Ruck schob sie die

Schublade wieder zu. Er hatte Probleme und sagte ihr nichts davon. Nur einmal hatte er diesen einen Satz gesagt, der ihr im ersten Moment so gut gefallen hatte. Sie sprachen über Reisen, die sie hätten machen können, und er hatte gesagt, zuerst müsse er einen Weg finden, um wieder flüssig zu sein. Dieser Ausdruck, der von einem Pokerspieler hätte stammen können, hatte sie amüsiert. Doch nun, allein in seiner Wohnung, ging ihr auf, dass er mit der Erinnerung an einen vergangenen Wohlstand lebte, den er heute schmerzlich entbehrte. Die vielen unbezahlten Rechnungen zeigten, dass er aufgegeben hatte. Er war am Abdriften, doch seltsamerweise beunruhigte sie das nicht. Im Gegenteil, sie sagte sich, dass sie sich gefunden hatten und dass die Vorahnung, die sie am Anfang ihrer Geschichte verspürt hatte, doch keine willkürliche gewesen war. Dann beschloss sie zu gehen. Sie hatte genug erfahren.

38

Es war nicht so, dass sie nie das Verlangen verspürt hätte zu reden, ihrem Mann zu gestehen, was mit ihr passiert war. An manchen Tagen träumte sie, sie würde sich alles von der Seele reden und sie beide würden diesen unbeschreiblichen Ort erreichen, an dem alles verziehen wird, da der andere volles Verständnis hat. Zu gern hätte sie ein zärtliches und definitives Geständnis abgelegt. Sie war der Ansicht, dass im Laufe eines langen, zwanzigjährigen Miteinanders irgendwo ein Ort entstanden sein musste, an dem man alles ohne Furcht ablegen konnte. Wofür wäre es sonst gut gewesen? Manchmal zögerte sie, die Worte lagen ihr schon auf der Zunge, dann jedoch wurde sie von der Heftigkeit ihrer neuen Liebe zurückgerissen und ließ die Gelegenheit ungenutzt verstreichen. In solchen Momenten sah sie die Gesichter der beiden geliebten Männer vor sich, ihre beiden Körper, und sie wurden wieder zu Feinden, als ob der eine sie nicht haben könnte, ohne sie dem anderen wegzunehmen. Sie stand auf der Kreuzung der Wege dieser beiden Männer. Dieser Gedanke erstickte sie fast. Die Entscheidung, diese Entscheidung, die sie nicht traf, führte dazu, dass sie sich verabscheute, und sie wusste, dass dieses Gefühl sie irgendwann überwältigen würde. Doch im Laufe der Zeit spürte sie, dass ihre Gefühle wieder lebendig wurden und sie wieder mehr an ihren Mann dachte. Die Summe, die sie zusammen ergaben, das Leben, das sie zusammen aufgebaut hatten – all das trat wieder mehr in den Vordergrund. Sie konnte sich nicht dazu durchringen, das alles zu verlieren. Irgendwann tauchte ein neues Gefühl auf, das sie noch nie erlebt hatte und das sie allmählich wieder etwas zur Vernunft brachte. Sie war hin- und hergerissen. *Zerrissenheit: Zustand eines Menschen, der zwischen gegensätzlichen Kräften und Einflüssen hin- und hergerissen wird.* Die schmerzliche Wirkung dieser beiden gegensätzlichen Kräfte verspürte sie sogar körperlich. Auf der einen Seite gab es diese drei Leben, die eng mit ihr verbunden waren, eine gemeinsame Geschichte, ein Heim; auf der anderen Seite gab es den Rausch, sich endlich wieder einmal zu spüren, die *Amour fou* eines

Mannes, der sie zu neuem Leben erweckt hatte. Und wie eine in ein Glas eingesperrte Fliege stieß sie ständig gegen diese Gleichung. Ihre Familie ohne sie, oder sie mit ihm. Und schon war alles gesagt. Warum weiter grübeln? Sie fand die Antwort nicht, weil es keine gab. Sie stand in der Mitte, zwischen diesen beiden Seiten, und wenn sie beschließen würde, einen Schritt zu einer Seite zu machen, würde das ganze Gefüge in sich zusammenbrechen. Ihr war natürlich klar, dass er sich denselben Fragen stellen musste. Auch er hatte eine eigene glückliche Familie, eine Geschichte, ein Leben, auf das er sich stützte. Es war eine Partie mit sieben Spielern. Sieben Leben, zwei Wege, die sich nirgends trafen, die aber, sollten sie jemals aufeinander prallen, sich so sicher wie eine Staubwolke in Nichts auflösen würden. Wollte sie das? Könnte er das ertragen?

Es gab Augenblicke, in denen alle Sicherheiten ins Wanken gerieten. Das ging von ihr wie von ihm aus. Sie liebten sich genug, um nicht danach zu fragen, wer den Schritt zurück machen, wer plötzlich das Tempo ihrer Beziehung drosseln würde. Vielleicht weil es aus diesem Dilemma keinen Ausweg gab, wurden sie auf den Weg gebracht, den sie für sie beide gewählt hatte.

39

Von diesem Augenblick an betrachtete sie ihn mit anderen Augen. Sie versuchte, bei ihm Spuren dessen zu finden, was man für eine Art Lebensüberdruss hätte halten können. Manchmal hatte sie das Gefühl, er würde mit ihr seine letzten Energiereserven aufbrauchen. Er schien so weit weg, so ruhig. Sogar in seinen Liebesschwüren schwang etwas Endgültiges mit. Nach und nach litten sie immer mehr unter dem zunehmenden Gewicht dieser Liebe, die sich in ihrer beider Leben breit gemacht hatte. An ihr Geheimnis gebunden, wurde ihnen das Kämpfen zu anstrengend. Denn alle Tage glichen sich, es änderte sich nichts. Die Aggression zwischen ihnen nahm wieder zu. Es gibt keine Liebe ohne Zärtlichkeit, sagte er, doch sie antwortete nicht mehr. Dann schlug er sie, um sie zum Reden zu zwingen, damit sie von neuem das Band zwischen ihnen knüpfte. Doch sie fand keine tröstlichen Worte mehr. Dieser körperliche Nahkampf erschöpfte sie beide. Es fiel ihr immer schwerer, die Spuren ihrer Ausschweifungen zu verbergen. Auf ihren Wangen, am Hals zeigten sich dunkle Schatten. Sie konnte sich ihrem Mann nicht mehr nackt zeigen, zog sich im Badezimmer aus. Und ehe sie mit ihm schlief, machte sie das Licht aus.

40

Alles was sie eigentlich hatte vermeiden wollen, trat ein. Sie liebten sich noch immer, es war eine *Amour fou*, aber sie brachte ihnen keine Erfüllung mehr. Es war nicht so sehr die körperliche Gewalt, die sie immer mehr verabscheute, als vielmehr das voneinander Erschöpftsein, das hinterher auf sie lauerte. Ihre Blicke füreinander waren hart und ungeduldig. Aus nichtigen

Gründen zerfleischten sie sich immer häufiger. Einmal hinterließ er sogar auf ihrer Mailbox die so gleichgültig wie möglich geäußerte Nachricht, er wolle Schluss machen. Sie war wie vor den Kopf geschlagen. Sie war in ihrem Büro, als sie sie abhörte. Ihr gemeinsames Mittagessen war nicht gut verlaufen. Sie waren beide angespannt und müde gewesen. Es hatte an sich keinen direkten Auslöser gegeben, aber irgendwann war ihr Gespräch unvermittelt ins Stocken geraten. In solchen Momenten konnte er sich komplett in sich zurückziehen. Sie hatte den Eindruck, er würde sehr weit weg gleiten, an einen ihr unbekannten Ort, wo ihn nichts mehr berühren konnte, wo er seine Ruhe hatte. Einen richtigen Streit hatten sie nicht gehabt. Nur eine leise Dissonanz, ein Ton aus dem Inneren, der falsch klang. Als er sich auf der Straße vor ihrem Bürogebäude von ihr verabschiedete, zeigte er keine besonderen Emotionen, es gab nichts, was auf irgendwelche Stürme in seinem Inneren hätte schließen lassen. Beruhigt verschwand sie in dem Gebäude, sagte sogar noch ›bis heute Abend‹, hatte das Fiasko vom Mittagessen schon vergessen. Rein zufällig hörte sie zwei Stunden später die Nachricht auf ihrer Mailbox ab. Sie war wie vom Donner gerührt. Seine Stimme klang ruhig. Er sagte, er könne sie nicht so lieben, wie sie es verdient hätte, es sei besser, Schluss zu machen. Es waren allerdings weniger seine Worte als vielmehr sein Tonfall, der sie bis ins Mark traf. Er sagte auch noch, dass er immer für sie da sein würde, falls sie ihn irgendwann brauchen würde. Es waren gut überlegte, fast unpersönliche Worte, die ihm leicht über die Lippen zu gehen schienen. Die Gefühle, die er damit in ihr hervorrief, waren mit nichts, was sie bisher erlebt hatte, vergleichbar. Sie wurde förmlich zu Stein. Sie machte keine besondere Bewegung, sagte kein Wort. Sie arbeitete weiter, hielt ihre Termine ein, nahm Anrufe entgegen. Doch sie war wie besessen von dem einen Gedanken: Was machte er jetzt, nachdem er diese Worte zwischen sie beide geschleudert hatte? War er wie sie noch in der Lage, weiterhin Leute zu treffen, normale Gespräche zu führen? Was empfand er nach diesen Worten, die ihm anscheinend so mühelos über die Lippen gekommen waren? Sie musste an das Märchen von der Prinzessin denken, aus deren Mund bei jedem Wort Schlangen und Kröten kommen. Fast tat er ihr Leid. Später kam sie zu dem Schluss, dass der so offensichtlich auf sie beide zutreffende Spruch ›Nicht mit dir, aber auch nicht ohne dich‹ sich an diesem Nachmittag bewahrheitet hatte. Die Versöhnung war anstrengend und mühsam. Doch wie bei allen Liebenden löste sich ihr Groll dann bei der ersten Berührung ihrer Lippen in nichts auf. Als sie endlich wieder zusammenfanden, hörte sie nur noch das Echo eines einzigen Satzes, der sie lange beschäftigen sollte. Wir sollten besser Schluss machen. Diese Worte bekamen mit einem Mal ein unglaubliches Gewicht.

41

Sie wollten weiterhin an ihre Liebe glauben. Sie unternahmen immer mehr Dinge zusammen. Durch immer dreistere Lügen konnten sie abends miteinander ausgehen, Konzerte besuchen. Die Musik war für sie wie ein sicherer Hafen, in dem sie sich vergessen konnten. Irgendwann kannten sie alle Pariser Konzertsäle in- und auswendig. Sie studierte alle Musikprogramme, bestellte die Tickets lange im Voraus. Denk daran, nächste Woche hören wir Pollini. Ich habe gehört, im Frühjahr kommt Itzhak Perlman. Diese Pläne beruhigten sie beide, sie hatten noch so viel Gemeinsames vor. Diese Abende waren feierliche Höhepunkte, die sie mit neuer Erregung füllte. Sie saßen Seite an Seite, von demselben Fieber gepackt, rührten sich nicht mehr, waren nur noch zwei zur Bühne gerichtete Gesichter, die allein schon dadurch glücklich waren, zusammen hier zu sein. Manchmal schloss er die Augen, seine Finger bewegten sich im Takt und zeichneten dabei wirre Schnörkel in die Dunkelheit. Bei solchen Anlässen berührte er sie nie; sie hingegen legte manchmal am herzzerreißendsten Punkt eines Andantes ihre Hand auf seinen Arm, und in solchen Momenten waren sie sich so nah, dass sie beinahe in Tränen ausgebrochen wäre. Danach gingen sie lange ziellos durch die Straßen, schweigend, noch ganz erfüllt von den Klängen, auf denen sie noch eine Weile von allem losgelöst dahinschwebten.

42

Er machte sein Versprechen vom Frühjahr wahr. Sie fuhren zusammen nach Versailles. Es war an einem Nachmittag im Winter, kurz vor Weihnachten. Sie nahmen einen fast leeren Vorstadtzug. Sie fuhren durch Orte, die ihnen unbekannt waren. Eine Weile ging es an der Seine entlang, dann standen links und rechts schachbrettartig verteilte Einfamilienhäuser. Kaum hatten sie den Bahnhof verlassen, wurden sie von dem traumhaften Anblick überwältigt. Während sie die Avenue de Paris hinaufgingen, hakte sie sich bei ihm unter. Auf den Gehwegen hatte sich ein Weihnachtsmarkt ausgebreitet. Sie schlenderten an Tannen und Stechpalmenbüscheln vorbei. Ihr schoss der Gedanke durch den Kopf, dass sie sich zum Jahreswechsel, in vierzehn Tagen, nicht unter einem Mistelzweig küssen würden. Das Licht schwand allmählich. Schnee lag in der Luft, der mit seinem unsichtbaren Gewicht drückend auf den Menschen und Dingen lag. Oben an der Avenue stand das Schloss wie eines dieser Pappmodelle, die man in den Schaufenstern der Antikspielzeugläden sieht. Langsam überquerten sie den *Place d'Armes*. Die Kälte ließ die Pflastersteine glänzen. Mehrmals musste er sie festhalten, weil sie auf einen rutschigen Stein trat und ins Stolpern kam.

Sie waren wegen der Parkanlage gekommen, doch er führte sie zuerst in den Marmorhof. Auf dem Marmorschachbrett nahm er sie in die Arme, und sie standen eine Weile innerhalb der rosafarbenen Fassaden, wie hinter Schutzmauern. Der Marmorhof war sein Lieblingsplatz. Für ihn war dieser Hof, wie er sagte, ein intimer Zufluchtsort, die große Ausnahme an diesem überdimensionalen, pompösen Prachtbau. Sie gingen durch einen Torbogen und gelangten in den Park. Was sie da entdeckte, raubte ihr fast den Atem. Der Anblick des Horizonts nahm sie als Erstes gefangen. So weit das Auge reichte: Ein harmonisches Gleichgewicht von Linien, die durch nichts eingeschränkt oder gestört wurden. Sie hatte das Gefühl, hier sei die Unendlichkeit besiegt worden. Alles in der Geometrie der Rasenbeete, der Alleen, der kunstvoll getrimmten Büsche und Bäume war Ausdruck von Strenge und Freiheit zugleich. Sie gingen in Richtung der Wasserbecken. Überwältigt von all der Schönheit um sie herum, gingen sie schweigend nebeneinander her. In ihrer Unfähigkeit, die Verwirrung und Aufregung auszudrücken, die sie verspürte, mit ihm hier zu sein, an diesem dem Alltag gestohlenen Nachmittag, wiederholte sie nur immer wieder den einen Satz: Wie schön!

Die Kälte umgab alles wie eine schützende Hülle des Schweigens. Man hätte eine Hand voll Luft nehmen und sie wie einen Wattebausch werfen können. Die beiden Bassins waren zugefroren. An den Rändern lag eine dicke Eisschicht, zur Mitte hin sah man, wie sich das Wasser bewegte und lange, dunkle, von unten her zitternde Spuren hinterließ. Sie gingen sehr langsam, begegneten nur wenigen, in dicke Mäntel eingepackten Besuchern. Als sie am *Point-du-Jour*-Brunnen vorbeigingen, machte sie ihn auf die Eisquarze aufmerksam, die die Kälte dort gebildet hatte und die wie eine Hand voll Kieselsteine aussahen. Ich liebe dich. Nacheinander sagten sie sich diese Worte, die sich in einem Hauch von ihren Lippen lösten und verschwanden.

Sie lehnten sich an das Geländer und betrachteten von oben die verlassene Orangerie, weiter hinten das *Suisses*-Becken, das sich in einem rosa Dunstschleier verlor. Sie hatte das Gefühl, irgendwo angekommen zu sein. Sie würden diesen Märchenpark nicht mehr verlassen; an diesem Ort, den er sich für sie beide ausgesucht hatte, würden sie für immer bleiben. Er schien glücklich darüber zu sein, dass er ihr auch so gut gefiel. Es war, als zeigte er ihr seine Gärten, seine Brunnen, sein Schloss. Hier fühlte er sich zu Hause. Sie ging durch die Alleen und hatte dabei das Gefühl, in ihrem Leben voranzuschreiten. Die Hunderte von Statuen waren in dunkelgrüne Plastikhüllen eingewickelt worden. Das gab ihr das Gefühl, diese gespenstischen Gestalten würden über sie beide wachen. Etwas später entdeckte sie ein Schild, das den Grund dieser Verhüllungsaktion erklärte. *Von Allerheiligen bis Ostern werden die Gartenstatuen in Hüllen verpackt, um vor Kälteschäden geschützt zu sein.* Diese liebevolle Geste, das Verhüllen der zahlreichen Statuen, rührte sie zutiefst.

Sie unterhielten sich weiterhin nur leise. Bald gingen sie wieder hinauf zum *Parterre du Nord*. In der Ferne sah man mehrere Rauchsäulen senkrecht in den metallfarbenen Himmel hinaufsteigen. Sie erklärte ihm, dass es sicherlich von Holzfällern angezündete Feuer waren. Überall bemerkte man den Forstbetrieb; zwischen den hochstämmigen Bäumen sah man akkurat gestapeltes Holz, sichtbare Zeugen jenes Sturms, der in weniger als zehn Stunden das Ergebnis jahrhundertelanger Geduld und Mühe zunichte gemacht hatte. Sie fand es schön zu sehen, dass die Erde der Rasenbeete Feldern ähnlich gepflügt worden waren. Alles war aufgeräumt. Der Winter konnte sich austoben. Der Park schlief und machte dabei einen runden Buckel. Sie wunderte sich, dass fast kein Vogelgesang zu hören war. Lediglich ein paar Möwen flogen tief über die Becken hinweg. Ehe sie das *Parterre du Nord* wieder verließen, machte sie in fröhlichem Überschwang eine Geste, die ihn schmunzeln ließ. Mit einer koketten und deutlich erkennbaren Bewegung raffte sie die Röcke ihres imaginären Taftkleides und sagte mit einer zum Ort passenden Stimme, dass diese Kleiderlänge für Spaziergänge im Garten nicht geeignet sei.

Sie gingen wieder durch den Torbogen und ließen die Bewegungslosigkeit und Stille hinter sich. Jenseits der Gitterstäbe zum *Place d'Armes* schien die Stadt gegenüber dieser Schönheit, die nun hinter ihnen lag, gleichgültig zu sein. Sie gingen durch die Straßen und suchten einen Ort, um sich aufzuwärmen. Sie fanden ihn auf dem Marktplatz. Ein kleines Café mit altmodischem Flair, in dem man eine dickflüssige, köstliche Schokolade wie früher bekam. Mit Madeleines und Brioches machten sie daraus einen Imbiss wie zu den glücklichsten Zeiten ihrer Kindheit, alle und alles anlächelnd, weil sie einfach nur glücklich darüber waren, hier zu sein, und gleichzeitig auch spürten, dass sie in dieser gedämpften und aufmerksamen Stimmung aus dem Rahmen fielen. Als nicht miteinander verheiratetes Paar, vor Glück trunkene Verliebte, taten sie die ihnen diskret zugeworfenen Blicke als neidisch ab und ließen sich von ihnen nicht beirren.

Auf der Rückfahrt im Zug schlief sie kurz ein, den Kopf voller Vertrauen und Hingabe an seine Schulter gelehnt. Am nächsten Tag ging sie zu einem Waffenhändler in der *Avenue du Maine* und erstand problemlos eine handliche Waffe, von der der Händler sagte, dass sie für allein stehende Frauen sehr geeignet sei.

43

In diesem Jahr brach mit Weihnachten über ganz Frankreich eine ungewöhnliche Kältewelle herein, die alles eine Woche lang lähmte. Etliche Straßen mussten gesperrt werden, Züge fuhren nicht mehr. Nur der märchenhafte Anblick der wie eine Eistorte glänzenden Landschaft konnte über die vielen Unannehmlichkeiten hinwegtrösten. Auch Paris glänzte vor Schönheit. Eine Eisschicht hatte sich über die Brunnen gelegt. Es sah aus, als hätte man sie mit Kristall überzogen. Der Verkehr floss langsamer. Auf den vereisten Gehwegen gingen die Menschen vorsichtig ihres Weges. In den öffentlichen Parks standen plötzlich überall Schneemänner.

Sie waren wieder getrennt, wie zu Anfang ihrer Beziehung, und lernten die Vorzüge des Telefons neu schätzen. Weihnachten war ein so romantischer und idyllischer Tag, dass es fast schmerzte. Sie ging in der Warmherzigkeit ihrer Familie auf, alles war vollkommen. Der geschmückte Baum, die Christmette, der Nachhauseweg im Schnee, die Geschenke. Alles zeigte ihr, wo ihr wirklicher Lebensweg lag, doch sie war trotzdem woanders, sie war bei ihm, nichts konnte sie von diesem Weg ablenken, den sie gemeinsam entworfen hatten und dem sie – so gut es ging – folgten.

Dann hörte sie zwei Tage lang nichts von ihm. Anfangs machte sie sich keine Sorgen, sie wusste, dass er von seiner Familie umgeben war, seine Tochter Ferien hatte. Sie empfand diesen durch die Feiertage am Jahresende verursachten großen Abstand als natürlich. Doch es gab auch die Vereinbarung zwischen ihnen: Niemals zwei Tage ohne eine Nachricht in irgendeiner Form. Sie nannten es »Schweigen in Tropfenform«. Am ersten Tag wurde sie nicht nervös; sie ärgerte sich nur über die Stille, die sie jedes Mal beim Abhören ihrer Mailbox vernahm. Dann kam der zweite Morgen, an dem sie lange ausschlief. Den ganzen Tag über dachte sie nicht an ihr Handy. Sie hatte zu tun, war mit dem Haushalt beschäftigt, war abgelenkt. Erst nachmittags gegen fünf Uhr, als es zu dunkeln begann, wurde sie von einer inneren Unruhe gepackt. Und innerhalb einer Stunde hatte sie sich in größte Panik hineingesteigert. Wer weiß, vielleicht war ihm etwas passiert, etwas Schlimmes, was ihn daran hinderte, zum Handy zu greifen, vielleicht sogar zu reden. Sie stellte sich alles Mögliche vor, auch das Allerschlimmste. Es war vor allem ein Gedanke, der immer wieder auftauchte: Niemand wusste von ihrer Existenz, im Falle eines Unglücks würde niemand sie benachrichtigen. Diese prekäre Lage, die ihr erst an diesem Tag in ihrem vollen Ausmaß bewusst wurde, machte sie traurig und wütend zugleich und führte zu einer inneren Unruhe, die sie erschöpfte. In seinem Leben war sie nichts, zählte nicht.

Dann, abends um sieben, wurde sie endlich von der quälenden Warterei erlöst, doch was sie hörte, erschreckte sie zutiefst. Seine Stimme, denn er hatte die Nachricht natürlich selbst aufgesprochen, war fast unkenntlich. Im Flüsterton teilte er ihr mit, dass ihn ein Virus erwischt hätte und er seit zwei Tagen im Bett liege. Dutzende von Malen hörte sie diese Nachricht ab, versuchte, einen beruhigenden Unterton herauszuhören oder im Gegenteil den alarmierenden Beweis für die Gefährlichkeit seines Zustandes. Es ist ihr unbegreiflich, wie sie an diesem Abend das Gesicht wahren konnte. Unaufhörlich dachte sie an seine Nachricht. Das Wort ›erwischt‹ schien anzudeuten, dass die beste Zeit hinter ihnen lag.

Sie wurde von einer namenlosen Angst gepackt.

44

Die folgende Woche war der reinste Albtraum.

Sie hörte nichts mehr von ihm und hielt das Warten kaum noch aus. Jeder Tag war mit Qualen verbunden, morgen würde er sicher anrufen, morgen würde sie mehr wissen. Doch es kam nichts. Sie verschanzte sich hinter einem schmerzlichen Schweigen, aß nichts mehr, wurde zu einem Schatten ihrer selbst. Die Besorgnis nagte an ihr. Was hatte er wirklich? Wo war er? Sie war wie besessen von dem einen Gedanken: in den Zug steigen und zu ihm fahren. Doch ihr war klar, dass es nichts ändern würde, wenn sie dort wäre. Alles wäre gleich oder vielleicht sogar noch schlimmer. Dann wieder machte sie sich Vorwürfe, weil sie dem Gesang der Sirenen so meisterhaft zu widerstehen verstand. Ein Dutzend Mal wollte sie bei ihm anrufen, das absolute Verbot ignorieren, das sie sich übereinstimmend auferlegt hatten – nämlich das, was das Leben des anderen ausmachte, nicht zu betreten. Doch irgendwann hielt sie es nicht mehr aus und wählte seine Nummer. Eine weibliche Stimme meldete sich. Wortlos legte sie wieder auf. Was sie gehört hatte, reichte ihr jedoch. Die Stimme hatte fest und hell geklungen. Keine Verzweiflung lag darin. Dies musste reichen, um ihre Angst zu besänftigen. Eine Frau, deren Ehemann ernsthaft erkrankt ist, meldet sich am Telefon nicht so heiter. Sie klammerte sich an diesen Gedanken und hielt das Warten so vier weitere Tage aus.

Manchmal packte sie eine Riesenwut auf ihn. Wieso fand er keine einzige Minute, ja, nicht einmal ein paar wenige Sekunden, um ihr zwei oder drei beruhigende Worte zu schicken? Sie stellte sich ihn vor, wie er zu Hause im Kreise seiner Familie von seiner Frau gepflegt wurde, und dieser Gedanke war ihr unerträglich. Sie stellte sich die liebevollen Gesten der Menschen vor, die ihn betreuten. Diese Gesten waren aber nicht die ihren. Sie pflegte ihn nicht, kochte ihm keinen Tee, machte ihm nicht sein Bett. Sie konnte nichts für ihn tun, weil sie nichts bedeutete. Allmählich wurde das eifersüchtig gehütete Geheimnis ihrer Liebe zu einem gewaltigen Hindernis; es stand zwischen ihnen, um sie zu trennen. Sie hatte das Gefühl zu ersticken.

Eines Morgens, sie war in ihrem Büro, rief er endlich an. Es ging sehr schnell. Seine Stimme, oder das, was davon übrig war, klang schmerzvoll. Nein, das Fieber ging nicht zurück, der Husten blieb, die Müdigkeit wollte und wollte nicht vorbeigehen. Sie bekam Angst, ließ sich von ihm versprechen, einen anderen Arzt zu konsultieren; sie sagte ihm, sie würde kommen. Das schien er jedoch nicht gehört zu haben. Er wiederholte nur, dass es ihm bald besser gehen würde, dass sie sich keine Sorgen zu machen brauche. Die Hartnäckigkeit, mit der er ihre Fragen ignorierte, beunruhigte sie nur noch mehr. Aber was sagt der Arzt? Was hast du denn genau? Er wich aus, sagte nichts Konkretes, ließ sie unwissend zurück, dass sie weiterhin die schlimmsten Befürchtungen hegen musste.

Der Januar ging vorüber.

Dann endlich konnte er wieder aufstehen, machte die ersten Schritte, ging endlich wieder aus. Aus der Ferne verfolgte sie seine Genesung, hing am Telefon, wartete vergeblich auf Antworten ihrer Fragen. Im tiefsten Inneren wusste sie jedoch bereits, dass sich vieles verändern würde. Undeutlich ahnte sie, dass sie mit einem schwerwiegenden Faktor rechnen mussten, an den sie jedoch noch nicht so recht glauben wollte. Er war krank.

45

Denn er war wirklich krank.

Er kam nach Paris, um es ihr zu sagen. Das war im Februar. Er war nach der Geschichte im Dezember noch nicht auf der Höhe und schleppte sich dahin, ohne seine Energie wiederzugewinnen. Der Husten war immer noch gleich stark und die Müdigkeit hatte zugenommen. Der Hausarzt hatte weiter reichende Untersuchungen angeordnet. Die Ergebnisse würden dann endgültig Klarheit verschaffen.

Er erwartete sie in seiner Wohnung in der Rue Rollin. Sie ließ alles stehen und liegen, um zu ihm zu eilen. Die zwei Monate der Trennung hatten sie völlig ausgelaugt. Sie benutzte ihren Schlüssel, um die Tür zu öffnen. Der Raum lag im Halbdunkel. Er hatte das Licht nicht eingeschaltet und lag auf dem Bett. Mit einer Handbewegung hielt er sie vom Einschalten ab. Sie setzte sich auf die Bettkante, hatte ihren Mantel noch an. Dann nahm sie seine Hände in ihre, und so verharrten sie einen langen Augenblick. Sie sprachen nicht. Sie mussten erst wieder zueinander finden. Auf einmal spürte sie eine enorme Kraft in sich erwachen. Sie betrachtete ihn als ihr Kind. Sie wappnete sich innerlich dafür, auch mit dem Schlimmsten zu rechnen. Dann endlich sprach er. Es war zärtlich, fast ruhig. Er sagte, dass sie viel Liebe und Geduld haben müsse, dass er krank sei, sich aber behandeln lassen würde, für seine Tochter und für sie. Er sprach von seiner Lust zu leben, von der beruhigenden Gewissheit, sie an seiner Seite zu haben. Sie schloss die Augen, hörte ihm konzentriert zu, wollte noch nichts antworten. Er hatte Recht, er hatte immer Recht. Er war es, der die Entscheidungen traf, sie folgte nur. Die Dunkelheit hatte sich breit gemacht. Sie machte die Augen wieder auf. Er hatte sich nicht gerührt. Seine Hand lag immer noch in ihrer. Zärtlich streichelte sie seine Fingerspitzen. Ohne eine bestimmte Reihenfolge ließ sie Episoden aus ihrem gemeinsamen Leben in ihrem Kopf Revue passieren. Augenblicke, die sie miteinander verbracht hatten, Restaurants, in denen sie gegessen hatten, Parks, in denen sie spazieren gegangen waren. Sie dachte an all die Worte und Nachrichten voller Liebe, Besorgnis oder Begierde, die sie ausgetauscht hatten.

Sie dachte an die glückliche Zeit, als sie noch nichts von dem Damoklesschwert gewusst hatten.

Der Abend verlief ruhig. Sie fanden ihre Bezugspunkte wieder. Danach ging sie einkaufen, um ein Essen zubereiten zu können. Der Supermarkt um die Ecke hatte noch offen. Sie kaufte frischen Lachs und Karottenpüree. Ihr kam der Gedanke, dass Püree an Krankenhauskost erinnerte. Sie verjagte dieses Wort wie ein böses Tier. Sie nahm auch Käse und Obst. Als sie mit ihren zwei Einkaufstüten wieder draußen auf der Straße stand, brach sie auf einmal in Tränen aus. Die Tränen flossen von allein. Sie dachte an all die Menschen aus ihrem Bekanntenkreis, die an Krebs gestorben waren. Sie dachte auch an diejenigen, die noch kämpften, und an jene, die für gesund erklärt worden waren. Diese makabre Art der Buchführung erschreckte sie, spendete ihr aber dennoch einen gewissen Trost. Sie sagte sich, er würde wieder genesen, es könne gar nicht anders sein. Sie klammerte sich an den Gedanken, dass sie doch eigentlich immer Glück hatte, dass sie unter einem guten Stern geboren worden war.

46

Es wurde vereinbart, dass er sich in Paris behandeln lassen würde. Er musste mit einer Strahlentherapie beginnen, die, so der Arzt, ausreichen müsste, um die Krankheit zu stoppen. Dreimal pro Woche würde er ins Krankenhaus gehen. Er wollte nicht, dass sie ihn begleitete, und sie drängte sich nicht auf. Als er nach der ersten Sitzung nach Hause kam, zeigte er ihr mehrere kreuzförmige Zeichen, die man an seinem Hals markiert hatte. Sie kennzeichneten die zu bestrahlenden Zonen. Er fand es beinahe komisch. Sie legte ihre Lippen darauf, mit der ganzen Liebe, zu der sie fähig war. Sie ging noch einmal zu *Charvet* und kaufte einen Schal mit kleinen bunten Elefanten. Der seidene Schal würde seine Unglückstätowierungen verbergen.

47

Das Leben hatte einen neuen Rhythmus bekommen. Montags, mittwochs und freitags ging er ins Krankenhaus. Sie sprachen wenig über die Krankheit. Sie sahen sich genauso häufig wie früher, doch etwas war anders geworden. Ihre gemeinsam verbrachten Stunden waren intensiver geworden. Sie wollten keine Zeit mehr verlieren. Vor allem sie hatte sich verändert. Schon eine Bagatelle ließ ihr die Tränen in die Augen steigen. Doch sie weinte nur, wenn sie allein war, im Büro oder abends zu Hause. Und irgendwann versiegten die Tränen wieder, und sie fiel in einen schweren, traumlosen Schlaf. Sie hatte schreckliche Gedanken. Sie spielte mit dem Ring an ihrem Finger und dachte dabei, dass der Opal ihnen Unglück gebracht hatte. Sie legte ihn trotzdem nicht ab. Sie wollte nicht mit abergläubischen Spielchen anfangen.

Die Bestrahlungen erschöpften ihn sehr. Wenn er danach nach Hause kam, war er so müde, dass er sich sofort hinlegen musste. Oft fand sie ihn schlafend vor. Sie hatte sich daran gewöhnt, den Schlüssel fast geräuschlos im Schloss umzudrehen.

Sie setzte sich in den Sessel am Fußende des Bettes und betrachtete ihn. Oft schlief er auf der Seite liegend, mit angezogenen Beinen. Er sah so ruhig und friedlich aus. Sie war bei ihm und behütete ihn, wie eine Mutter ihren Sohn behütet. Manchmal bewegte er sich, verlagerte einen Arm oder ein Bein. Sie konnte ihre Augen nicht von seinem Körper abwenden. Sie fand es einfach unvorstellbar, dass sich im Inneren dieses Körpers ein so furchtbarer Kampf abspielte. Manchmal überkamen sie dabei die schrecklichsten Visionen. Sie sah ihn tot, dachte an Kälte und Leere. Sie hatte das Gefühl, er würde sie verlassen. Sie spürte, dass sie im Begriff stand, ihn zu verlieren. Doch wenn er dann die Augen aufschlug, genügte ein Blick von ihm, um all diese trüben

Gedanken zu verscheuchen. Nein, nein – er würde wieder gesund werden. Die Tatsache, dass keine Operation nötig war, war ein gutes Zeichen. Der Arzt hatte sich klar und deutlich ausgedrückt. Die Strahlentherapie müsste genügen. An dieses Versprechen klammerten sie sich mit aller Kraft.

48

Er fuhr seltener zu seiner Familie. Die Zugfahrten strengten ihn zu sehr an. Seine Frau und seine Tochter gingen dazu über, die Wochenenden in Paris zu verbringen, um in seiner Nähe zu sein. Sie hätte nicht gedacht, dass ihr diese Neuerung so schwer fallen würde. Es war aber so. Allein schon der Gedanke, dass seine Frau in der Rue Rollin war, auch wenn nur für eine oder zwei Nächte, war ihr unerträglich. Es waren winzige Anhaltspunkte, die ihr zu verstehen gaben, dass seine Frau da gewesen war, und deren stumme Anwesenheit war ihr zuwider. Auch wenn sie, worunter sie bisweilen litt, diese Wohnung nie als die ihre betrachtet hatte, war sie im Laufe der Zeit dazu übergegangen, aus ihren vielen Besuchen ein unausgesprochenes Gewohnheitsrecht abzuleiten. Als sie eine Tasche entdeckte, die seine Frau aus praktischen Gründen da gelassen hatte, vergaß sie ihre Zurückhaltung und machte ihm eine Szene. Sie wusste, dass sie sich auf Treibsand bewegte. Die vorgebrachten Argumente hielten keine Minute irgendeiner Form von Logik stand. Immerhin war diese andere seine Frau. Doch gerade dieses »immerhin« brachte sie auf die Palme. Der ruhige Ton, mit dem er antwortete, machte sie nur noch wütender. Sie machte ihm jede Menge Vorwürfe, stellte Forderungen, machte Ansprüche geltend, stampfte mit dem Fuß. Ihre ganze Angst und der ganze Druck, den sie bis dahin im Zaum gehalten hatte, brachen aus ihr heraus, als wäre ein Damm gebrochen. Sie war ungerecht und taktlos. Auch er fand zurück zum Zorn, zu einem gesunden Zorn, der alles mit sich reißt. Sie verloren sich in ihrem Schreien, und das tat ihnen gut. Sie sagte ihm, dass sie von dieser Krankheit, von seinem leidenden Körper genug hätte; sie ging so weit, wie ihre Liebe ihr zu gehen erlaubte. Er erhob die Hand gegen sie, und das, was dann folgte, brachte sie einander wieder näher als alle Liebesgeständnisse und Kosewörter der Welt es vermocht hätten.

49

Sie schliefen endlich wieder miteinander. Seit sie von seiner Krankheit erfahren hatten, war ihnen einiges von ihrem Elan genommen worden. Sie umsorgte ihn natürlich mit ihrer Zärtlichkeit, verhätschelte ihn mit Gesten und Worten des Mitgefühls, doch sie hatten sich nicht getraut, sich wie früher zu lieben. Es hatte den Anschein gehabt, als hätten sie ihre wilden, stürmischen Liebesspiele hinter sich gelassen. Doch nun fanden sie für eine gewisse Zeit die verlorene Unbekümmertheit wieder. Ihre Lust aufeinander war nie zuvor so stark gewesen. Sie nahm Risiken auf sich, verbrachte oft die ganze Nacht bei ihm, griff bei vielen Kleinigkeiten des Alltags immer öfter zu Lügen. Es wurde immer schwieriger für sie, die Situation unter Kontrolle zu halten, manchmal schrammte sie knapp an einer Katastrophe vorbei. Aber welcher Art wäre diese Katastrophe gewesen? Sie kam irgendwann zu dem Schluss, dass die Wahrheit die einzige Katastrophe war, die ihnen zustoßen konnte. Gestehen, endlich alles sagen. Die Versuchung wurde immer stärker. Sie dachte lange darüber nach, wenn sie allein war. Seit über zwei Jahren lebte sie nun schon mit diesem Geheimnis. Dabei war sie alles andere als eine Heldin. Das Schweigen, zu dem sie sich verpflichtet hatten, hing nicht immer nur von ihrem Willen ab. Die verflossene Zeit, die aufeinander folgenden Monate hatten ihren Status der Heimlichkeiten gefestigt. Die Entscheidungen, die sie getroffen hatten, sein Umzug nach Paris, seine Wohnung in der Rue Rollin, hatten sie daran gehindert, endlich klare Verhältnisse zu schaffen. Sie erinnerte sich an einen Satz, den er eines Tages zu ihr sagte und über den sie sich damals sehr geärgert hatte. Auf ihre Frage, wie lange sie es wohl so aushalten würden, hatte er voller Überzeugung eine Antwort parat gehabt. Wir werden es so lange aushalten, wie wir uns keine Fragen stellen.

Und sie hatten sich an glücklichen Momenten berauscht. Sie hatten ihre Beziehung auf Liebesbezeugungen, auf miteinander verbrachten Stunden, auf komplizenhaften Absprachen aufgebaut. Für Fragen war da kein Platz gewesen. Doch was war ihre Liebe wert, wenn sie sie nur für sich behielten? Dies war die einzige und schmerzhafte Frage, die sich ihnen nun am Ende stellte.

50

Der Wunsch nach einem Geständnis nistete sich immer tiefer in ihrem Kopf ein. Es wäre jedoch ungerechtfertigt, dies als einen Beweis ihres Mutes zu sehen, den sie aufbrachte, um sie beide zu retten. Das Schicksal, das doch eigentlich gegen sie war, half ein bisschen nach.

Nach den Bestrahlungen mussten sie sich der Wahrheit stellen. Die Krankheit hatte sich nicht gebessert, sondern war im Gegenteil schlimmer geworden. Das Gespräch mit dem behandelnden Arzt ließ ihm keine andere Wahl. Es musste operiert werden. Der Eingriff würde aufgrund des bestrahlten Gewebes schwierig werden. Aber man musste es versuchen. Wieder bekam sie es mit der Angst zu tun. Man würde ihn narkotisieren, er würde Schmerzen haben. Und er würde seine Stimme verlieren. Wie konnte sie sich in diesem Fall im Hintergrund halten? Seine Frau würde während seines Krankenhausaufenthaltes in Paris wohnen. Danach würde er zur Genesung nach Hause fahren, weit weg von ihr. Wer würde sie auf dem Laufenden halten? Was konnte sie tun, um doch an seiner Seite zu sein? Sie war von all diesen Fragen wie besessen, traute sich jedoch nicht, mit ihm darüber zu reden. Er wirkte ruhig, ziemlich zuversichtlich. In allen Einzelheiten schilderte er ihr, wie der bevorstehende Eingriff ablaufen würde. Man würde einen Luftröhrenschnitt machen und einen Teil des Kehlkopfes entfernen. Danach kämen die Reha-Maßnahmen, wo er wieder lernen würde zu schlucken, zu atmen, zu sprechen und zu essen.

Die Woche vor seiner Einlieferung ins Krankenhaus *Salpêtrière* verlief nicht anders als die anderen. Sie versuchte, so oft wie möglich bei ihm zu sein. Wenn sie kam, fand sie ihn an seinem Tisch sitzend vor, beim Schreiben oder Sortieren von Unterlagen. Er hatte angefangen, seine Schubladen zu leeren, zerriss oder ordnete Papiere. Als wolle er Tabula rasa machen. Dies war das einzige Anzeichen von Angst, das sie an ihm wahrnahm. Sie gingen nur selten aus, blieben in der Wohnung, sprachen über dies und jenes, doch keinesfalls mehr über das, was ihm bevorstand. Das Erste, was ihr nach ihrem Eintreffen auffiel, war der Aschenbecher, voll mit halb gerauchten Zigaretten. Sie hatte jedoch nicht den Mut, irgendetwas dazu zu sagen. Sie erinnerte sich an den Tag, kurz vor Weihnachten, nach der Rückkehr aus Versailles, als sie ihm diesen Aschenbecher geschenkt hatte. Vorsichtig hatte er die orangefarbene Schachtel geöffnet. Als er die beiden auf den Boden gemalten Zebras entdeckt hatte, musste er schmunzeln. Bei dieser Gelegenheit hatte sie ihm erklärt, sie hätte dieses Motiv deshalb für ihn ausgesucht, weil man Zebras bekanntlich niemals zähmen kann.

Ihr letzter Nachmittag war wie ein Wunder. Sie weinte nicht, war zeitweise sogar fröhlich. Er hatte außerordentlich zärtliche Worte für sie. Es war ein Freitag. Am Abend sollte sie wieder nach Hause fahren. Seine Frau würde am nächsten Morgen eintreffen. Und am Montagmorgen würde er ins Krankenhaus fahren. Die Operation war für Dienstag geplant. Die Stunden vergingen langsam. Sie schaute aus dem Fenster und sagte, dass die Tage allmählich länger würden. Gegen achtzehn Uhr schickte sie sich an zu gehen. Sie erhoben sich und standen eine Weile bewegungslos aneinander gelehnt. Unter dem akkurat gebügelten Hemd konnte sie seinen Herzschlag spüren. Ineinander verschlungen standen sie da. Für lange Sekunden stand die Zeit still. Ihre Blicke sagten mehr, als Worte es je vermocht hätten. Alles lag darin, alles – woraus sie bestanden, all ihre Gesten, ihre Liebesschwüre. Mit langsamen Schritten führte er sie zur Tür. Sie ließ ihn wortlos gewähren, wie das verlorene Kind, als das sie sich fühlte. Bis bald, ich liebe Sie, Madame. Dieser letzte Satz aus seinem Munde katapultierte sie hinaus auf die Straße.

Sie kann sich nicht mehr erinnern, wie sie in den Bus stieg, zum Bahnhof fuhr und pünktlich in ihren Zug einstieg, aber sie schaffte es.

Als sie sich setzte, nahm sie sich vor, mit ihrem Mann zu sprechen.

51

Sie hatte immer geglaubt, dass ein Fehler, den man zugibt, damit schon halb verziehen ist. Um Verzeihung zu bitten war allerdings nicht ihre Absicht.

Sie wusste, welchen Schmerz sie verursachen würde, doch sie sah keine andere Möglichkeit mehr. Der Gedanke, dass er bald auf einem Operationstisch liegen würde, der Gedanke an seine Hand, die sie nicht halten konnte – das alles gab ihr den nötigen Mut.

Sie begann zu sprechen.

Und die so lange zurückgehaltene Flutwelle brach über sie und ihren Mann herein. Sie redete sich alles von der Seele, er hörte zu. Sie saßen an ihrem Küchentisch, in ihrem Haus. Sie sprach und wunderte sich, dass um sie herum nichts geschah, dass die Möbel und Mauern nicht zu Staub zerfielen, das Licht nicht schwächer wurde. Die Katastrophe, mit der sie gerechnet hatte, brach lautlos herein. Sie betrachtete ihren Mann, den Mann, den sie liebte und mit dem sie seit zwanzig Jahren zusammenlebte, und die befürchteten Schreie blieben aus, es wurden keine Türen geschlagen, nach außen hin veränderte sich nichts. Und sie hatte keine Angst. Sie erzählte von der Krankheit, von dem nicht zu unterdrückenden Bedürfnis, in den kommenden Tagen bei ihm zu sein; sie sagte ihm, dass sie Klarheit wolle, Licht brauche, all das, was ihr Leben ausgemacht hatte und was sie seit über zwei Jahren vergessen hatte.

Die Liebe, die er in diesem Augenblick für sie empfand, war unendlich groß. Nichts kam dieser Liebe gleich außer seiner Angst, sie zu verlieren. Nie zuvor hatte er so stark gespürt, dass sie ihm gehörte, wie in dem Augenblick, als sie ihm sagte, dass sie sich einem anderen hingegeben hatte.

Wir werden nichts oder so gut wie nichts über diese Nacht erfahren, in der sie das beweinten, was sie zu lange voneinander getrennt hatte. Unwichtig, welche Einzelheiten sie ausließ – ob mit Absicht oder ohne. Unwichtig seine Fragen, auf die sie klare Antworten gab. Sie wussten beide, dass hier ein lebenswichtiges Spiel gespielt wurde und dass nun alles auf dem Tisch lag, was ihnen als letzter Einsatz geblieben war. Es war eine lange und schmerzhafte Partie. Wie hätte es auch anders sein können? Er liebte sie, doch wenn sie die Worte und Gesten erwähnte, von denen er bisher geglaubt hatte, sie seien nur für ihn bestimmt, überkamen ihn Mordgelüste. Die Winde waren gegen sie, doch sie kämpften, solange sie konnten. Im Morgengrauen waren sie wie zwei Marathonläufer am Ende ihrer Kräfte.

Dann tat er etwas, was ihre Rettung werden sollte. Der Tag brach gerade an. Er öffnete die Glastür, die zum Garten hinausging, nahm sie an der Hand und führte sie ins Freie. Die frische Luft tat ihnen gut. Sie setzten sich auf die Stufen vor ihrem Haus und hörten, wie mit dem aufkommenden Licht das Leben wieder in Gang kam. Das Zwitschern geschäftiger Vögel; der Wiedehopf war wieder da; entferntes Brüllen des Viehs vor dem Wald. Sie hörten die Glocke im Dorf sieben Uhr schlagen.

Da spürte sie, dass sie zu Hause war.

52

Die folgenden zwei Tage waren für sie wie eine Art Befreiung. Es war, als ob eine Last von ihr genommen worden wäre und sie eine gewisse Leichtigkeit wieder gefunden hätte. Sogar die Angst, die sie jedes Mal packte, sobald sie an ihn dachte, löste sich etwas auf. Sie wusste, dass er mit seiner Frau zusammen war, genau wie sie mit ihrem Mann. Ein Gleichgewicht hatte sich wieder eingestellt, an das sie glauben wollte.

Der Frühling lockte sie aus dem Haus. Sie machten einen langen Waldspaziergang. Wortlos gingen sie nebeneinander her, beobachteten die um sie herum keimende und sprießende Natur. Wie lange schon waren sie nicht mehr nebeneinander, im gleichen ruhigen Schritt, spazieren gegangen. Sie fühlte sich wohl. Sie dachte an die langen Spaziergänge in Paris zurück, an der Seite eines anderen Mannes, und in ihren Augen lag darin kein Widerspruch. Sie ahnte vage, dass in diesen Tagen eine Entscheidung getroffen wurde, dass diese im Entstehen war. Und sie verspürte eine gewisse Ruhe.

Er nutzte die Lage nicht aus. Es wäre ihm ein Leichtes gewesen, ihr die schlimmsten Vorwürfe zu machen, sie ganz und gar fertig zu machen. Sie nahm es ihm beinahe etwas übel, dass er anscheinend ganz leicht verstehen und akzeptieren konnte. Doch wer weiß, vielleicht würde er es später, zu einem von ihm allein gewählten Zeitpunkt, ausnutzen – dann, wenn sie wieder Vertrauen gefasst hätte und er sie ganz in der

Hand haben würde. Doch diesen Gedanken verscheuchte sie rasch wieder. Er liebte sie, das spürte und das wusste sie.

Sie gingen über breite Waldwege. Die Sonne, die sich durch das noch junge Blattwerk stahl, tauchte das Unterholz in ein meerähnliches Licht. Einmal erblickten sie am Waldrand ein Reh, das plötzlich vor ihnen auf den Weg sprang und kurz reglos stehen blieb, beunruhigt und ängstlich, bevor es wieder im Dickicht verschwand, mit einem Geräusch, das an das Knistern von Stoff erinnerte. In diesem Anblick sah sie das Zeichen eines Neubeginns. Sie entspannten sich allmählich. Mit der Spitze des Spazierstockes, den er immer mitnahm, stocherte er den moos- und laubbedeckten Boden nach Pilzen ab. Die weißen Spuren, die er ihr zeigte, wiesen auf frühzeitiges Wachstum hin. Schau, die Erde blüht, sagte er, ehe sie weitergingen. Und all seine Worte, die nur für sie beide bestimmt waren, führten sie wieder zu dem zurück, was ihr Leben war.

Gegen fünf Uhr gingen sie wieder nach Hause, machten im großen Wohnzimmer ein Kaminfeuer an und verbrachten einen stillen Abend. Alles erschien ihnen zerbrechlich. Sie spürten deutlich, dass ein Wort zu viel oder eine falsche Bewegung das wieder gefundene Gleichgewicht bedroht hätte. Sie waren wie zwei Genesende.

Als sie sich liebten, blieb sie in Gedanken ganz bei ihm.

Und als sie am anderen Morgen wegfuhr, war ihm

klar, dass sie irgendwann sicherlich ins Krankenhaus gehen würde. Sie musste nicht lügen, was eine große Erleichterung für sie bedeutete.

53

Der Tag der Operation war ein schrecklicher Tag.

Am Vortag hatte er ihr eine kurze Nachricht geschickt, dass er gegen neun Uhr früh in den OP käme. Und dass sie ihn davor leider nicht anrufen könne. Er sei nicht allein in seinem Zimmer. Er schrieb ihr auch, er liebe sie, sie solle sich keine Sorgen machen, alles würde gut gehen. Er würde Glück haben. Er hätte schon immer Glück gehabt. Sie konnte nur hoffen, dass er Recht hatte. Gegen fünf Uhr morgens wachte sie auf. Sie stellte sich vor, wie er in seinem Krankenhauszimmer lag und das grüne OP-Hemd trug. Sie dachte an seinen Hals, wie sie ihn sanft streichelte, an der Stelle, zu der sie sich schon am Anfang wie magisch hingezogen gefühlt hatte. Wie ein Roboter verrichtete sie die üblichen morgendlichen Tätigkeiten. Sie duschte, trank ihren Kaffee, zog sich an. Gegen sieben Uhr fuhr sie ins Büro. Sie hielt die Warterei zu Hause keine Sekunde länger aus. Um neun Uhr hatte sie das Gefühl, als hätte man *sie* narkotisiert. Sie saß hier an ihrem Schreibtisch, und auf einem anderen Tisch irgendwo in Paris lag ihr Geliebter im OP, schlafend, sein Kopf in einer unnatürlichen Haltung. Sie wusste nicht ganz genau, wie die Operation ablaufen würde. Was genau machten sie mit ihm? Würde man ihm den Hals aufschneiden oder konnte man durch den Mund operieren? Die detaillierten Vorstellungen, wie sein Fleisch durchsucht und misshandelt werden würde, erschreckten sie. Der Mann, den sie liebte, war nur noch ein von Maschinen überwachter Körper, der Atem, den sie so oft auf den Lippen gespürt hatte, würde bald umgeleitet und mittels Atemgerät künstlich gesteuert werden. Irgendwann kam sie zu dem Schluss, dass dies alles völlig unmöglich war, dass sie nur gerade einen Albtraum hatte, aus dem sie bald wieder aufwachen würde.

Doch der Morgen ging weiter seinen Gang und auch der Nachmittag verging. Sie dachte kein einziges Mal an diese andere Frau in einem verlassenen Zimmer, die ebenfalls wartete – auf die Rückkehr ihres Mannes aus dem Aufwachraum.

54

Am nächsten Morgen rief sie an. Sie kannte lediglich den Namen des Arztes, der ihn operiert hatte. Sie sprach mit mehreren Telefonistinnen, Pflegerinnen, Krankenschwestern, die sie jedes Mal mit einer anderen Abteilung weiterverbanden. Bei jeder Ansprechpartnerin wiederholte sie ihre Frage, verlor immer mehr den Mut, ihre Stimme wurde immer zögerlicher. Sind Sie eine nahe Verwandte?

Ich bin seine Schwester. Es war ihr spontan eingefallen, vielleicht weil er oft von ihr erzählt hatte und weil sie wusste, dass diese weit weg von Paris war. Gut, sie war nun also seine Schwester und erkundigte sich nach seinem Befinden. Sie bekam nur knappe Informationen. Man erklärte ihr, dass man am Telefon nicht alle Einzelheiten schildern könne. Sie erfuhr aber zumindest, dass er für mindestens zwei Tage auf der Intensivstation liegen würde und dass die Operation ohne größere Komplikationen verlaufen war. Sie nahm diese Informationen wie Staatsgeheimnisse auf und begann wieder zu warten. Immer wieder hörte sie seine letzte Nachricht ab. Sie wusste, dass seine Stimme nach der Operation anders klingen würde. Sie konnte nicht glauben, dass sie diese warmen Untertöne nicht mehr hören würde, die sie seit über zwei Jahren begleitet hatten.

Sie dachte nur an eines: Ihn zu sehen. Und sei es auch nur für einen Augenblick, eventuell auch hinter einer Glasscheibe, ohne mit ihm sprechen zu können. Ein kurzer Blick auf ihn würde ihr genügen. Doch sie konnte sich den Kopf zerbrechen, solange sie wollte, es gab keinen Grund, der ihre Anwesenheit in seinem Zimmer gerechtfertigt hätte. Sechs weitere Tage vergingen. Sie rief noch zwei Mal an. Sie wusste jetzt, welche Abteilung sie verlangen musste. Es ging schneller. Sie stellte immer dieselbe Frage. Wie geht es ihm? In berufsmäßigem Ton gab ihr eine Stimme ein paar spärliche Auskünfte. Sie versuchte dennoch, eine Verbesserung herauszuhören. Sie fand, dass die Stimme diesmal zuversichtlicher geklungen hatte. Vielleicht hatte er gesagt, dass wahrscheinlich jemand anrufen würde. Mit welchen Worten hatte er wohl von ihr gesprochen? Hatte er erwähnt, dass jemand sich telefonisch nach seinem Befinden erkundigen würde? Eine Freundin? Diese Vermutung ließ sie fast schmunzeln. Sie war sein Herz, seine Geliebte, sein Schatz. Aber sie war und blieb dennoch namenlos.

Sie kämpfte mit Zweifeln. Was würde von ihnen bleiben – nach der schweren Zeit, die er durchmachen musste? Sie wusste, dass er nicht allein war. Eine andere war bei ihm, kümmerte sich um ihn, machte sich Sorgen um ihn. Ihr hingegen blieb nur das Warten, das Unwissen, das Schweigen. Sie konnte nichts für ihn tun. Von dem, was sie beide gewesen waren, war nichts geblieben.

55

Sie beschloss, durch das Krankenhaus zu streifen. Sein Zimmer war für sie zwar verbotenes Terrain, doch nichts konnte sie daran hindern, für kurze Zeit zumindest in seiner Nähe zu sein.

Sie fuhr mit dem Bus. Es war dieselbe Linie, die sie immer genommen hatte, um ihn am Bahnhof abzuholen. Am Botanischen Garten stieg sie aus und ging den Boulevard hinauf. Sie ging unter dem großen steinernen Torbogen hindurch und betrat das Krankenhausgelände. Sie kam an der Kapelle des Heiligen Ludwig vorbei und beschloss spontan, hineinzugehen. Dies war keine Kirche wie die anderen. Sie war leer und wirkte kalt und vernachlässigt. Langsam ging sie von Bild zu Bild und verharrte auf einmal wie angewurzelt bei einem Anblick, der ihr die Sprache verschlug. Ein riesiger, gekreuzigter Christus füllte eine ganze Wand aus.

Sie konnte sich nicht erinnern, jemals einen Gekreuzigten in dieser Größe gesehen zu haben. Das dunkle Holz des Kreuzes hob sich scharf von der weißen Wand des Hintergrunds ab. Sie empfand es als bedrohlich. Eine Taube flatterte langsam und in aller Seelenruhe durch den Altarraum.

Sie betete nicht. Nichts verleitet einen an einem Ort wie diesem zum Beten. Ganz verlassen und leer war er dennoch nicht. Eine undefinierbare, schmerzliche Atmosphäre hatte sich hier breit gemacht. Sie hielt es keine Sekunde länger aus.

Draußen herrschte eine gedämpfte Geschäftigkeit. Leute kamen und gingen. Sie sah ein paar Ärzte in weißen Kitteln, einen dunkelblauen Mantel über den Schultern. Das erinnerte sie an einen anderen dunkelblauen Mantel. Tränen schossen ihr in die Augen. Er war da, irgendwo in dieser Stadt inmitten der Stadt, lag in einem Zimmer, litt vielleicht sogar.

Es waren auch jede Menge Besucher da, die mit Plastiktüten in der Hand zielstrebig ihres Weges gingen. Sie stellte sich vor, wie diese Menschen am Bett eines Verwandten saßen, ihm Zeitschriften, Süßigkeiten, Kölnisch Wasser, saubere Wäsche und andere Dinge von draußen mitbrachten, die auf Nachttischen, in überhitzten Zimmern, in Schränken voll mit medizinischem Material, Bettflaschen, Blutdruckmessern enden würden. Diese vielen anderen Personen hatten ein Ziel, sie hatte keines.

Sie verlor sich in diesem Gewirr von Fluren und Abteilungen mit zum Teil aussagekräftigen Namen: Allee der Wäscherinnen, Rue Saint-Vincent-de-Paul, Stoffstraße. Sie überquerte Höfe, die für die Fußgänger durch Torbögen miteinander verbunden waren: Cour Lassay, Cour Mazarin, Cour Sainte-Claire. Die meisten Hinweisschilder sagten ihr nichts. Notaufnahme Neurochirurgie, Quartier Saint-Louis. Sie überquerte eine »Höhenpromenade«, eine Gartenanlage mit dem Namen *Promenade de la Hauteur*. Hier blieb sie kurz stehen, um einen Übersichtsplan zu studieren, auf dem sie das HNO-Gebäude erkannte, in dem er lag. HNO. Das ließ sie an Kinderkrankheiten denken.

Recht schnell fand sie dann die *Avenue Hôpital général*, wo sie hin wollte. Sie war überrascht, ein ultramodernes Gebäude zu entdecken, das wie ein futuristisches Raumschiff aus Glas und Stahl aussah und sich deutlich von den anderen älteren, hauptsächlich aus Backsteinen gebauten Gebäuden abhob. Lächerlicherweise fand sie es beruhigend, dass er an einem so modern aussehenden Ort behandelt wurde.

Plötzlich wurde ihr heiß. Ihr Herz schlug schneller. Sie betrachtete die vielen Fensterreihen. Hinter einem dieser Fenster musste er sein, ganz in ihrer Nähe. Schließlich fasste sie sich ein Herz und trat ein.

Sie las: Hals-Nasen-Ohren-Abteilung. 3. Stock, Zwischengeschoss. Sie nahm den Lift. Sie dachte nicht darüber nach, was sie da tat. Aber genau das gab ihren Schritten etwas Selbstverständliches, was ihr unangenehme Fragen von Seiten des Personals ersparte.

Sie würde ihn sehen. Dessen war sie sich plötzlich ganz sicher. Deswegen war sie hergekommen. Sie würde nicht wieder weggehen, ohne ihn gesehen zu haben. Im dritten Stock öffnete sich die Lifttür zu einer hellen Halle mit dem Schild »Unité Paul Pialoux«. Zimmer 301 bis 331.

Ihr Kopf war leer. Sie dachte nur noch an ihn, sie würde ihn sehen. Sie ging in Richtung Anmeldung und fragte mit – wie sie hoffte – fester Stimme nach seinem Zimmer. Die Sekretärin stellte ihr keine Frage, schaute sie kaum an. 312. Es war doch ganz einfach. Sie ging den weißen, stillen Gang entlang. Vor der Zimmertür 312 blieb sie einen Augenblick stehen. Es war eine sehr breite Tür, der man ansah, dass sie massiv war. Darüber befand sich das Anwesenheitslicht. Es war ausgeschaltet.

Dahinter musste er liegen. Höchstens zehn Schritte trennten sie noch voneinander.

Sie klopfte leise. Nichts war zu hören, kein Geräusch, keine Bewegung. Langsam und vorsichtig schob sie die Tür auf, die sich mit einem leisen Zischen unerwartet leicht öffnete. Sie betrat den Raum. Die Rollläden waren heruntergelassen worden, auf einem Rolltisch stand ein Strauß Margeriten. Sie sah einen Sessel. Er war leer. Das Bett war sehr hoch. Sie hörte das regelmäßige Geräusch einer Maschine und sah die auf- und abwärts gehende Pumpe des Beatmungsgerätes.

Seine Augen waren geschlossen. Er ruhte sich aus. Noch zwei Schritte und ihre Hand würde die seine berühren. Sie betrachtete ihn intensiv und lange, ohne sich zu rühren. Wie lange sie wohl so dastand und ihn nur betrachtete? Viele Sekunden lang, eine Minute vielleicht. In ihrem Kopf nur der eine Gedanke: Ich liebe ihn. Er liegt hier in diesem Bett, und ich liebe ihn.

Auf einmal schlug er die Augen auf.

Sein Blick sagte mehr als alles, was er in den letzten zwei Jahren zu ihr gesagt hatte. Sie lächelte. Dann endlich berührten sich ihre Hände. Sie waren wieder zusammen.

Er deutete auf seinen Nachttisch, wo ein Block und ein Kugelschreiber lagen. Sie reichte ihm das Gewünschte, mit leicht zittrigen Händen. Er schrieb ein paar Worte. Geschafft! Wie geht es dir? Sie antwortete ihm langsam. Sie stand lange so da, neben seinem Bett, in ihrem Regenmantel und mit ihrer Handtasche über der Schulter. Er schrieb ihr, dass er keine Schmerzen habe, dass sie sich keine Sorgen um ihn zu machen brauche, sondern gut auf sich aufpassen solle. Er schrieb auch, wie glücklich er sei, sie zu sehen, überglücklich.

Die Minuten vergingen.

56

Irgendwann sagte sie, dass sie gehen müsse. Es könnte ja jemand kommen. Er nahm noch einmal seinen Block und schrieb: Ich liebe dich, was er dann noch unterstrich. Dann gab er ihr die ganzen Blätter, die er mit seiner von der Krankheit gezeichneten Schrift vollgekritzelt hatte. Sie steckte sie in ihre Tasche.

Ihre Hände lösten sich voneinander, ihre Augen ließen sich los. Sie machte eine kaum wahrnehmbare Bewegung zu ihm hin. Er schloss die Augen, beruhigt zu wissen, dass sie da war. Sie spürte, wie der Schlaf ihn überkam. Ganz leise sagte sie ein paar Worte. Um ein Haar hätte sie begonnen zu weinen, beherrschte sich aber und verließ das Zimmer, ohne zu atmen, wie damals, als sie als kleines Mädchen ins kalte Wasser gesprungen war.

Sie begriff nicht, wieso sie auf einmal wieder auf der Straße stand. Rechts sah sie das große Glasdach des Bahnhofs *Gare d'Austerlitz*, das in der Sonne glänzte. Es sah aus wie ein Schneefeld. Der Boulevard war voller Leben. Wie immer herrschte reger Verkehr, und man hörte fast ununterbrochen die Sirenen von Krankenwagen. Die schwebende Metro rauschte vorbei.

Ziellos setzte sie sich in Gang und stand bald vor den Gitterstäben des Botanischen Gartens. Sie schaute eine Weile den Straußen und Wölfen zu, die man vom Gehweg aus sehen konnte.

Sie hatte ihn gesehen – und die Stadt um sie herum war dieselbe wie zuvor, das Leben ging weiter. Das Rad der Zeit drehte sich weiter, und nichts hatte sich verändert.

Beim Gehen drückte sie ihre Tasche mit den Zetteln von seinem Block darin an sich. Sie hielt die Liebesbriefe fest, auf die sie so lange und sehnsüchtig gewartet hatte, und die er ihr nun endlich geschrieben hatte.

57

Sie ist auf dem Bahnhof. Sie wartet darauf, dass ihr Zug einläuft. Um sie herum viele Menschen. Bei schönem Wetter leert sich die Hauptstadt am Wochenende immer. Am Vortag hat sie ihn gesehen. Dieser Besuch, den sie nicht wirklich geplant hatte, wiegt in ihrem Herzen schwer wie ein Stein. Sie sieht sich wieder in seinem Zimmer stehen. Sie haben sich fast nichts gesagt. Er konnte natürlich nicht reden, aber sie? Sie hätte ihm von ihrer Angst und von den Tagen ohne ihn erzählen können, die sie nur mit Warten zugebracht hat. Sie hatte ihm auch nichts von ihrem Geständnis erzählt. Sie hatte das Schweigen gebrochen, das Geheimnis würde sie beide nicht mehr ersticken.

Doch sie hat nichts gesagt. Vielleicht wusste er Bescheid, hatte es gefühlt. Sie hatte ihn betrachtet, wie er vor ihr lag, in diesem Krankenhausbett, und dabei gespürt, wie er sanft einschlief. Sie hätte Pläne schmieden, über die Zeit reden können, in der sie wieder zusammen sein würden. Doch das hatte sie nicht getan. Sie hatte lediglich zugeschaut, wie er friedlich einschlief. Sie hatte gemurmelt: Verzeih mir, mein Schatz. Bitte, verzeihen Sie mir, Monsieur! Dann hatte sie den Raum verlassen.

Eine Lautsprecherstimme kündigt an, dass der Zug gleich einläuft. Als er endlich zum Stillstand kommt, steigt sie ein und sucht sich einen Sitzplatz.

Sie muss an die Geschichten über Pferde denken, die allein in ihren Stall zurückkehren.

Brigitte Giraud

Das Leben entzwei

Roman

Aus dem Französischen von Anne Braun

111 Seiten. Gebunden

»Ich muss mich der Geschichte unserer Liebe gewachsen zeigen, genau so wie dem Schmerz.«

Mit großer Eindringlichkeit erzählt Brigitte Giraud von einem Tod, der jäh in ihre Liebe einbricht. Eine Frau, Anfang Vierzig, verliert ihren Mann bei einem Motorradunfall. Sie erzählt von dem Moment an, da sie das Unvorstellbare erfährt, bis zum Ende der Trauerfeier. Eine Woche der Fassungslosigkeit und des Schmerzes, in der es dennoch zu leben gilt, das Leben organisiert sein will. Gefühle, Gedanken, die nicht in Worte zu fassen sind. Brigitte Giraud findet sie dennoch, Worte, die tief gehen und mitten ins Herz treffen. »Das Leben entzwei« ist eine wahre Geschichte.

S. Fischer

fi 1-024420 / 1

Anna Gavalda
Ich habe sie geliebt
Roman
Aus dem Französischen von Ina Kronenberger
Band 15803

Pierre und Chloé haben nichts gemeinsam. Chloé ist Anfang dreißig, hat zwei kleine Töchter und wurde gerade von ihrem Mann verlassen. Pierre ist ihr Schwiegervater, Mitte sechzig und ein unsensibler, arroganter Bourgeois. So dachte sie zumindest – bis er sie und die Kinder mitnimmt ins Ferienhaus der Familie. Bei Pasta und Rotwein unterhalten sich die beiden über die Liebe und das Leben. Chloé entdeckt hinter der autoritären Maske einen aufmerksamen Zuhörer und gewinnt einen Freund, der eine überraschende Lebensbeichte ablegt.

»Ein Lichtstrahl am literarischen Himmel.«
Le Figaro

Fischer Taschenbuch Verlag

fi 15803 / 2

Anna Gavalda

Ich wünsche mir, daß irgendwo jemand auf mich wartet

Erzählungen

Aus dem Französischen von Ina Kronenberger

Band 15802

Ein Flirt, der durch ein Handy zerstört wird, ein Mann, der nicht mehr fremdgeht, weil die Alimente jetzt so teuer würden und einst Liebende, die sich erst wiedersehen, als es schon zu spät ist. Anna Gavalda ist nichts Menschliches fremd, am wenigsten die Liebe. Sie beherrscht das Komische wie das ernste Register und trifft dabei stets den richtigen Ton. Ihre Chronik des Alltags ist erheiternd und erbarmungslos zugleich: unser Leben, auf den Punkt gebracht.

»Anna Gavaldas Erzähldebüt macht süchtig.«
KulturSpiegel

»Ein weiblicher Sempé.«
Le Figaro

Fischer Taschenbuch Verlag

fi 15802 / 2